目次

遺言

一枚目

ほなめ始めるけんな。

咲子《さきこ》――

これはワイの遺言じゃ。

本日は、昭和三十七年三月五日じゃ。

ワイが生まれたんは慶応が終わる年でさすがにその時代の記憶はにゃあが、明治、大正、昭和と生きてきて、日清、日露、ほいでから先のでえれえ戦争も経験した。

まさかこげに長生きするとは思わなんだが、もうぼちぼちこの世のこともええやろう。そろそろあの世に行ってやらんと、おまえの父親、あの気の短《みじけ》え男に、いつまで待たせよんなと怒らるるわ。

ほんま遺言は筆で書き遺《のこ》したいんじゃが、あまりに遺したいことが多すぎてのう、とてもワイの今の体力で書き切れる量ではありゃあせんわ。ほんま、歳《とし》取るちゅうのは難儀なことやで。おいりゃあせんわ。

この機械はな――なになに『リオノコーダー』ゆう名か――これは、初音《はつね》一丁目の大《おお》西《にし》先生に借りてきたもんじゃ。

初音でいちばんにテレビジョンを買うたんがあの大西先生の家《こ》じゃった。讃岐《さぬき》大学の助教授されとるけんど、暮らし向きは、けっして楽ではないじゃろ。あっこの奥さん、つい最近まで、家の土間で貸本屋やっとったじゃろ。ワイが散歩のついでに立ち寄るとようゆうとった。

「月光仮面さんのお蔭でこの子のお乳代が助かりました」

ゆうて笑いよんじゃ。まあ、あの漫画はほんまに流行の漫画やったさけえな。あの奥さん、産後の乳の出が悪うてのう、隣村の農家に、毎朝ヤギの乳をもらいに行きよったらしいわ。その乳代に貸本の上がりを充《あ》てとったそうじゃ。ま、他にも暮らし向きの入用もあったんじゃろうけんどな。

その浩平《こうへい》ちゃんも、去年から小学校に通うとる。咲子、おまえが図工の先生やっとる永尾《ながお》小学校じゃ。浩平ちゃんのことも、よう知っとるじゃろが。

二月に産まれた子供じゃ。

浩平ちゃんの母ちゃん、産後の辛《つら》い體《からだ》で、毎朝早《はよ》うに隣村まで空瓶抱えてヤギの乳もらいに行きよったんじゃ。ほんに母は強しじゃわい。じぇけえ、あの子は月光仮面さんの貸本代で購《あがの》うたヤギの乳で育ったんよ。今ではそうとも思えん腕白小僧やけんどな。

大西先生がテレビジョン買うたゆうんで、近所の衆が先生の家の客間に集まって、きちんと並んでテレビジョン見よったやろ。ワイも誘われて、なんべんかお宅に伺《うこご》うたけど、あっこの奥さん気がきくのう。ワイのために座布団出してくれて、いちばん前の席の真ん前で見まいとゆうて下さる。

おなごはああでないといけんわ。

気遣いや。おまえに一番欠けとるもんや。

そら見た目も、あっこの奥さんとおまえとでは、月とスッポンやけど、おなごは見た目だけや無いけに。愛想愛嬌《あいきょう》がでぇじなんよ。

斜め向けえの大工の藤本《ふじもと》さんちの奥さん見てみ。どえれぇ奥目で、歯は出っ歯で、その歯ぁも、虫に食われたんか、子供のころの栄養が足りんかったんか、ガタガタやないか。あの妖怪顔に比べたら、おまえのほうがなんぼか見られる。なんぼかやけどな。それでも、あの妖怪顔が嫁に行けて、子供までおんのんは愛嬌があるからや。おまえみたいに昼間の幽霊みたいな顔しとったら、どこの誰ぞが嫁にもろうてくれりょうか。おかげでワイは、ついぞ自分の孫を抱くことも無《の》うこの世とおさらばする身になってしもうたわ。

そうゆうたら、藤本さんちの、さおりちゃん、もう春から中学生か——

あの娘、あれは四年ほど前か、酒に酔うた父親が引っ掛けてこかした火鉢の鉄瓶の湯を足に浴びて、どえれぇ泣き声に「なにがあったんぞ」と、ワイ見に行ったがな。ほしたらな、あっこの親爺、泣き叫んどるわが娘の赤《あこ》う爛《ただ》れた足に、醬油を掛けとるやないか。それも一升瓶から直《じか》にや。湯通しした娘の足を喰う気なんかと、きょうてえ思いで背筋が凍り付いたわ。

なんでもな、あっこの親爺、醬油は薬にもなると思てたらしい。

無知とゆうのは罪じゃのう。

直《す》ぐに病院連れて行こうとなんで思わんのかのう。

有線持っとるんから救急車も呼べたやろ。救急車や無うても、尾長《おなが》駅まで走ったら、五分と掛からんで『イロハタクシー』があるやないか。今は屋号を変えて『ABCタクシー』か。じゃけんど誰もその名で呼ばん。「いろは」「いろは」とゆうとる。ま、一台しか車のないタクシー屋やけど、どうせ初音界隈《かいわい》で、タクシーに乗る人間なんぞおらんじゃろに。乗るのは町会議員くらいぞ。

それで病院に行ったら良かったんじゃ。普段乗ったことがないけに、その知恵が働かんかったのかのう。

おかげでさおりちゃんの足は、今でも、でれえケロイドのままじゃ。親爺、恨まれるっど。あの娘が年頃になったら、殺さるるほど恨まれるど。包丁で親爺の腹抉《えぐ》っても、ワイは不思議に思わんけにな。

——なんの話やったかいのう。

そや、先に大西先生のとこにテレビジョン見に行った時の話や。あん時はおまえも一緒やった。テレビジョン見終わった後で、あのハイカラ好きの先生に奥に呼ばれたじゃろ。スイカをよばれたやないか。

そこにあったんが、えーそうそう、この『リオノコーダー』じゃ。

先生、機械に円盤置いて、マイクたらをワイの口元に近付けての「お婆ちゃんなんか喋ってみまい」てゆうたやろ。ワイ、急にそんなんゆわれて困ったがな。

「なにを喋ったらええんでしょう」

そう訊《き》いたら、回転しとった円盤止めて、針を置き直されてまた回したやろ。ほしたらなんと、機械からワイの声がするやないか。

「ナニヲシャベッタラエエンデショウ」

ぼっけえ仰天したわいな。

そんで先生、笑いながら「これでお婆ちゃんいつ死んでも声は残るな」ゆうたんや。

先生に悪気があったとは思わんで。

ま、悪い冗談やけんどな。

じゃけんど気に入らんのは、あん時、おまえも笑《わろ》うとった。

よう笑えたな。ええ、咲子よ。

ワイが胃にできもんあって、腹割《さ》いても助からん、むしろこの歳で腹割くより、寿命を待ったほうがええと津川《つがわ》総合病院でゆわれたん、おまえも知っとるじゃろが。そのおまえが、よう笑えたもんやと、呆《あき》れるやら情けないやら悔しいやら、あん時のワイの気持ちがおまえに分かるか。

分からんじゃろうな。

そんな情があるくらいじゃったら嫁のもらい手もあったわいな。

ほいでワイ、昨日、おまえが学校に行っとる間にの、先生のとこに足を運んで、奥さんに事情を解《と》いて、この『リオノコーダー』借りてきたんよ。奥さんになんべんも教えてもろたけに扱いに障《さわ》りはない。

ただな、先生の奥さんがゆうことには、録音ちゅうんか、声が録《と》れるんが九分間だけらしいんや。それでは足りんかも知らんとゆうたら、奥さんな、予備の円盤を二枚つけて、重たいもんやからと家まで運んでくれたんじゃ。

せやからワイに与えられとる時間は二十七分やけに、ちぃっと早口で喋っとんもそのせいやけんの。ゆめ間違《まちご》うても、ワイが玩具《おもちゃ》貸してもろて、燥《はしゃ》いでるやなんて思うなや。これはな、ワイの遺言なんやけにな。

ほしたら遺言続けるけん。

――おまえが永尾小学校に、教員として採用された時は、えれぇことになったとワイ思たわ。ワイは生まれも育ちも岡山の人間じゃ。

それも先の戦争のときにおまえを連れて疎開した津山《つやま》と違うて、そうそう、津山も危ないゆうて、そのあと真庭《まにわ》にも疎開したのう。

真庭はほんまの田舎じゃった。ちょっとの田んぼと山しかないけぇ。それでも自分の工場のことを守るからと、岡山に残ったおまえの父ちゃんが、爆弾にやられて死んだことを思うたら、ワイらは疎開して正解やった。

ただあんな田舎で、あの時は――

いやいやそんなこと話しとる場合やない。時間がないんじゃ。ワイの寿命もそやけんど、声を録れる時間が限られとんじゃ。昔話を続けとる場合やないわ。

遺言続けるで――

ワイが生まれ育ったんは岡山の県庁がある岡山市じゃった。明治のころから路面電車も走っとった都会育ちじゃ。それがなんならここは。ど田舎やないけっ。けど連れ合いに先立たれ、身寄りもおらんワイは、おまえに従《したご》うてここに来るしかなかった。不本意やったで、ほんまは来とうなかったんやで。

来てみたらやっぱりや。

路面電車やのうて琴電《ことでん》が走っとるけど、昼間の時間は一両電車や。それも一時間に一本来るか来んか、田んぼの中を走っとるあの電車見てみ、阪神《はんしん》電車か南海《なんかい》電車か、どっか大阪の電車の払い下げを、色だけ塗り替えて使《つこ》うとるらしいけんど、あのみすぼらしさはただ事やないけに。のろのろ走っとるんを見るだけで血圧上がってしまうわ。

ここに来て、まず馴染《なじ》めんかったんは讃岐言葉じゃ。

そら瀬戸内《せとうち》を挟んだ隣県やから、岡山弁と似とるとゆうたら似とるとこもあるわ。けんどな――

たとえばあの「まいまい」がワイには気に障ってならんかった。

「まいまい」ゆうても蝸牛《かたつむり》のことやないぞ。

「行きまい」「食べまい」「休みまい」の「まいまい」じゃ。なんで岡山弁みたいに「行きまあせ」「食べまああせ」「休みまあせ」と上品に言えんもんじゃろうかのう。

それと近所のガキらじゃ。

ほれ、うちの隣に駄菓子屋があるじゃろ。ワイよりちぃと若いが耳の遠い婆さんが店番しとる駄菓子屋じゃ。そこにな、ガキら来て、店先で叫んどろうが。

「いたぁー」

ゆうてな。駄菓子屋の婆さん耳が遠いけに大けな声でおらびよる。ワイ、最初にそれを耳にした時びっくりしたがな。

どこぞ怪我でもして「痛い」と叫んどんかと思たんよ。そやけど違うた。あれはたぶん「いただきます」を短《みじこ》うした言葉なんやろな。

けど敵《かな》わんで。昼間から。こんまい子供の声で「いたぁー」「いたぁー」「いたぁー」てやられてみ、そのたんびたんびに、ワイの耳には「痛い」「痛い」「痛い」と聞こえて血圧が上がるんじゃ。

風呂屋の先の化粧品屋の親爺もうっとしぃわ。『えびす屋』の親爺じゃ。店の屋号の通り、えびす顔が自慢で、出来損ないの餅みたいに耳たぶが垂れ下がっとる。

「この福耳触ったら、運が向くけん触ってみまい」

ゆうて、来る客、来る客に福耳触らせよるが。客も客じゃ。嬉しそうに触っとる。中には拝みよる阿呆もおるがな。

ワイはいっぺんも触ったことないで。そんな気持ちの悪いことできようか。いっつも知らん顔してやったわ。

じゃけんあの親爺、ワイが胃のできもんで死んだと知ったら、ほれ見たことかとゆうんやろうな。

「あの陰気な婆さんも、ワシの福耳に触っとったら長生きできたのに」

とかよう。そう考えただけで、血圧上がっておいりゃあせんわ。

これが終わったら、なんぞ買いに行って、思い切りあの福耳触ってやろか。拝んでやってもええわ。それで運が向くとは思わんけんど、死んだ後で、あれこれゆわれるんも敵わんけんのう。

それにしてもあの親爺、なんでもかんでも「万円」付けるんが気に入らん。それが『えびす屋』名物らしいわ。しょうもないもん名物にしくさって。ワイが紅《べに》を買いに行ったとするやろ。二百五十円の紅や。ほんで百円札三枚で払《はろ》うたら、ベロ出して指なぶって札を数えての、「はい、三百万円のお預かり」人も憚《はばか》るような大声でゆいくさる。

釣り銭返す時も同じじゃ。大けな声張り上げての、

「はい、五十万円のお返しです。毎度ありがとうございます」じゃ。

阿呆と違うか。

なんでも今の世には、聖徳太子さんの絵柄の一万円札ができとるらしいが、ワイは未《ま》だ見たことないけに。おまえの給金がなんぼか知らんけんど、一万円札もろうたことあるんかいな。すぐに郵便貯金に入れよるから分からんがな。家のかかりやゆうて、毎週月曜日に百円札を十枚もらうだけやけに。ま、あの福耳親爺のゆいよう真似《まね》たら一千万円もろうとることになるがの。

なるほどそう思うたら自分がお大尽に思えてくるがな。

いけん、いけん、ワイまであの福耳親爺の術に搦《から》め捕られているやないか。

ひょっとして、有難い一万円札手にしたことないのは、あの親爺も同じかも知れん。百万長者という言葉があるけんど、あの親爺が百万長者になることなんぞ、生涯叶《かな》わん夢じゃろうて。百万円なぞ、ワイらには夢の夢じゃけに。

それにな、界隈の評判は評判として、あの親爺、なかなかの腹黒親爺じゃ。ワイが紅買うた後で、おまえに頼まれとった月経帯をうっかり買い忘れとったたん思い出して『えびす屋』に戻ったんよ。ほしたらあの親爺、他のおなごの客相手にゆうとった。

「ほれみまい。あんな皺《しわ》くちゃの梅干し婆さんでさえ紅をひくんじゃ。あんたみたいな若いおなごさんこそ、化粧に気を遣《つか》わないかんけん。ええ新製品があるんじゃ。ちょっと値は張るけんど、いっぺんこれを使うてみまい」

人のこと梅干し婆さん呼ばわりして客に化粧品勧めよんじゃ。相手も若いおなごやない。四十過ぎの婆さんじゃ。ほんま調子のええことぬかしくさって。

ワイは気詰まりになって、こっそり帰ったがな。

腹黒いとゆうたら、角のタバコ屋のかみさんか。

ちょっと美人なんを鼻にかけて、客に高《たけ》え舶来の煙草《たばこ》を売り付けよる。

普段はひと箱三十円のゴールデンバットしか買いよらせん客が、あのおなごに勧められたら、鼻の下伸ばして、おのれの日当くらいの、前に岡山で見掛けた進駐軍が吸うとったような煙草を買うんじゃ。

ほんま男とゆうもんは阿呆よのう。

タバコやこい、煙が出たらなんでもいっしょやろうが。

あのタバコ屋は文房具も扱《あつこ》うとったな。手練手管は子供に対しても容赦がないわ。おまえが使う鉛筆買いに行ったら、子供相手に高級鉛筆勧めとるんよ。

「これでお勉強すると頭が良うなるよ」

とかゆうての。

鉛筆ごときで頭が良うなるわけ無かろうが。

鉛筆削るんに小刀か、ちっこい鉛筆削り器で削っとったガキが、手動の機械鉛筆削り機買うてもろうたんに興奮して、鉛筆一本、丸々削ってしまうような阿呆揃いの連中が住んどる界隈やぞ。高級鉛筆買うたくらいで、頭が良うなるわけありゃあせんが。

阿呆とゆうたら、忘れていけんもんがおる。

風呂屋の息子じゃ。あれこそ阿呆の極みや。

野菜嫌いの息子に、

「これを食べたらポパイみたいに無敵になれるけん。無理しても食べまい」

ゆうて、母ちゃんがほうれん草を食わしよった。

ほしたらあの阿呆息子、それを真に受けて、二階から飛び降りて、足の骨折ったとゆうやないか。風呂敷を首に巻いとったんは、スーパーマン気取りのマントのつもりじゃったらしいわ。

もう小学校六年生じゃぞ。

ポパイとスーパーマンの区別も付かんような阿呆に、要らんことゆうて、野菜食わそうとした母親が悪いわ。

自分のことを考えてみんかいと叱りとうなった。

自分が阿呆やと分かっとったら、その息子が賢いわけが無かろうが。

二階じゃったから足の骨折るくらいで済んだんじゃ。もしあの阿呆息子が自分くの風呂屋の煙突から飛んどったら、間違い無う死んどった。後先考えん人間ゆうのは、大人でも子供でも、おいりゃあせんのう。

風呂屋のことで思い出したわ。

あの風呂屋、風呂を焚《た》くんに使うおが屑《くず》を、裏の倉庫に貯め込んどるじゃろ。界隈の子供らがの、それを盗んで、両手に抱えて路地に走って行きよる。

なんに使うんじゃろ？

不思議に思て、後を尾《つ》けたことがあるんよ。

ほしたらガキら、山にしたおが屑の中に、アメリカザリガニ突っ込んで、おが屑に、マッチで火をば付けて、蒸し焼きにしとるやないか。でえれえ惨《むご》いことをするもんじゃと思うじゃろうが。それが違うんじゃ。蒸し焼きにしたんを、ガキら、背中丸めて皮を剥《む》いて一心不乱に食うとるやないか。

そら政府の偉い人が「もう戦後じゃないけん」ゆうて日本は栄え始めとる。確かに戦後の時分に比べたら、食うもんに不自由するわけでもない。じゃけんど肉じゃとゆうても、この界隈の人間が食えるんは、鶏のモツくらいが関の山じゃ。湯がいた汁といっしょに飯《まま》に掛けて、掻《か》き込むんが御馳走じゃ。あのガキらが、肉らしいもんを食いとぉなる気持ちも分からんでは無いけんどのう。

そやそや、食いもんゆうたら、讃岐の人間は、なんかゆうたらウドンじゃ。なんでもかんでもウドン、ウドン、ウドン――

うんざりするわ。

永尾寺での新年の祭りの際にウドンの食べ比べ大会があるじゃろ。ウドンを、誰がようけ食べるか競うあの大会じゃ。

阿呆らしいもない、毎年優勝するんは寺男の作造《さくぞう》じゃ。

あいつはちいとばかり足らんけん、なんぼでもウドンを食べよる。ほかの衆はあかんわいな。ええ加減食べたら、箸が止まってしまうがな。そりゃ無理もありゃあせん。ウドンみたいなもん、そうそう何杯も食えるわけが無かろうが。

じゃけんど作造は、飽きるということを知らん。限り無う食うて毎度優勝しよる。優勝賞品に乾燥ウドンもろうてニコニコしとる。

ま、作造の、年に一度の晴れ舞台やけに、あんまり文句もゆいとうないが、八百屋にまでウドン玉置いとんは、どげえなことよ。ほんでそれが、昼過ぎには売り切れとんも、ワイには理屈が分からんわ。

ウドンのほかに誇れるもんが無いんじゃろうけど、いっぺんここらの田舎もんに、岡山の祭寿司《まつりずし》を見したりたいわ。豪華さに腰抜かすじゃろ。

ママカリでもええ。サッパゆう魚の酢漬けも知らんじゃろうのう。あまりの旨《うま》さに、近所に飯を借りに行くとゆわれるママカリ食うてみんさい。ウドンやこい、明後日《あさって》の方向に飛んでいくけに。

そら讃岐も瀬戸内に面した国じゃ。魚も仰山《ぎょうさん》獲《と》れるやろ。じゃけんど、ここは海から離れとる。一番近い志度町《しどちょう》でさえ、バスで——行ったことないから知らんけど、すぐには行ける距離やないやろ。ましてや、ここいら走っとんは、昔ながらのボンネットバスじゃ。これが岡山なら国鉄で宇野《うの》まですぐじゃ。琴電なんぞ比べもんになるかいな。

そうそう志度ゆうたら、エレキテルの平賀源内《ひらがげんない》が生まれたとこらしいの。じゃけんど、平賀源内は江戸に移り住んでしもうた。「土用の丑《うし》の日にはウナギを食おう」ゆう流言を吐いた男じゃ。

それが郷里の偉人やと。腹抱えるわ。これが岡山なら名だたる刀工がごまんとおる。なにしろ備前長船兼光《びぜんおさふねかねみつ》を生んだ里じゃけにのう。

備前とゆうたら備前焼も忘れちゃいけん。

重要文化財、国宝とされる人物も一人や二人ではないはずや。ま、詳しいことは知らんけんど、知らんにしても、平賀源内が人間国宝にはなっとらんじゃろ。重要文化財として博物館に陳列されるようなもんも造っとりゃあせんじゃろう。

他に岡山ゆうたら、あの法然《ほうねん》さんもおらるる。浄土宗《じょうどしゅう》を始められた偉いお坊さんじゃ。

しもうた。法然さんの名を出して、弘法大師《こうぼうだいし》を思い出してしもうたわい。

あの御仁も讃岐の生まれじゃった。

別の名が空海《くうかい》とかゆうボンさんで、真言宗《しんごんしゅう》を始めた御仁やったか。諸国を漫遊して、温泉出したり湧水出したり、そんなことをしとったらしいけんど、なによりワイに障るんは、あれが始めよった四国八十八カ所霊場巡りじゃ。

阿波《あわ》から始めて土佐《とさ》、伊予《いよ》と歩いて、遍路が最後に訪れるんが讃岐じゃ。まんの悪いことに、この町内には八十八番目の結願寺《けちがんじ》まであるがな。

みんな長旅、それも歩きの旅でヘトヘトじゃ。旅銭も無うなるんやろ。

その遍路が家の戸口でお経を唱えよる。ほしたら家のもんは、銭やら食いもんやら、なんぞお布施《ふせ》をせなならん。ワイみたいに一日中、外にも出んと家におってみ、多いときは五人、十人の遍路が来るがな。

他の家の女房らは、遍路を拝んで銭やら食いもん差し出しよる。中には、家の中に招き入れて茶の接待までしよる女房もおる。そんなんじゃから、ワイもなんもせんわけには参らんじゃろ。しょうことなしに、五円玉恵んでやるわ。五円玉が無い時は、悔しいけんど十円玉恵んじゃる。まさか一円玉とゆうわけにもいかんけにの。

そんで遍路ら、子供を見掛けたら、呼び止めて、なにやら渡しとんじゃ。他人から施しを受ける身で、なにを渡しとんじゃとよう見たら、首から下げた袋から取り出しとんが丸ボーロじゃ。

あんなもん赤子のお菓子やろ。

じゃけんど甘いもんに飢えとるガキらは、嬉しそうにそれを口に放り込んどる。衛生は大丈夫かいなと思うてしまうけど、しょせんここらのガキや。アメリカザリガニの蒸し焼き食う連中や。なにを食うても腹痛《はらいた》なんぞは起こさんじゃろ。

甘いもんゆうたら、あのポンポン菓子も子らに人気や。

ピーッて耳障りな蒸気音鳴らしながら、月に一、二度、ポン菓子屋がやって来るんよ。その音を聞いたら、界隈の子供らが、手摑《てづか》みで、ちびっとの生米を持ってワラワラと集まってくるじゃ。業者はその生米を回転式の筒みてえな圧力釜に入れてな、念入りに熱した後で、ハンマーで釜の蓋を叩《たた》いて開けるんよ。その時の爆発音のすごいことゆうたらないで。パアーンゆうて、昼寝しとっても飛び起きてしまうくらいの爆音じゃ。血圧上がってしまうがな。

　ワイ、いっぺん文句ゆうたことがある。びっくりするような音出すなとな。ほしたらポン菓子屋、悪びれんもせんとゆいよんじゃ。

「一気に圧力抜かんと、生米が膨張しませんけん」

　ワイを莫迦《ばか》にしくさったみたいに、いけしゃあしゃあとゆいよった。

　子供らは、自分らがポン菓子食べるの待っとんのに、この婆さん、なにを文句ぬかしとんじゃと、冷めた目でワイを見とる。居た堪《たま》れんようになって家に逃げ帰ったわ。

　ただちいとは迷惑かけとるゆう引け目があったんかいのう、ポン菓子屋、後でワイの家までポン菓子持って来よった。「ご迷惑をお掛けしてしまして」とか、口の中でもごもごゆうとったわ。

　ま、せっかくもろたもんやから、ポン菓子食べてみたんよ。甘《あも》うてほわほわして、なかなかの味やった。あれなら子らがワラワラ集まるんも無理ないわな。それからはピーの音がしたら、耳ふさいで辛抱してやるようにしたわ。

　おまえが孫産んでくれとったら、ワイも生米持たせて送り出すんやけんどな。ほしたらパアーンの後で、孫とポン菓子食えるんやけんどな。

　そんな詮無《せんな》いことも考えたわ。

ポン菓子食べたんはあれきりや。まさか婆さんのワイが、子供らに混じって、ポン菓子屋のとこに生米持って訪れるわけにもいけんやろ。ピーが聞こえて、パアーンと鳴って、そのたんびに、ワイは口の中、涎《よだれ》でいっぱいにしてしもうたわ。なんでおまえが孫を産まなんだんやと、恨みに思たわ。そやけんどこればっかりはしゃーないわな。なんぼゆうても、しょせんは縁のもんやけに。縁が無かったと諦めるしかないわのう。

二枚目

——円盤替えたで。

気が付いたら円盤止まっとった。どこまで録音されたか分からんけんど、ま、ええやろ。ワイの遺言はこれからやからな。ほな改めて始めるで。

咲子——

これはワイの遺言です。初音一丁目の大西先生に——ま、ええか、ここらへんは録音されとるやろ。どこまで録音されとるか、聞き方まで教えてもらわんかったんで、適当なとこで始めるわ。さっきは要らん愚痴が多かった。それで大事な時間使うてしもうたわい。

ここからがほんまの遺言や。

ええか、もう愚痴はゆわんからな。おまえも姿勢を正して聞くんやで。遺言に愚痴なんぞ、なんぼ残しても虚《むな》しいだけやけに。やっぱりそれなりのことゆわんとのう。キャンキャン吠《ほ》えるだけなら、三丁目のスピッツと変わらんわ。

おまえ知らんか。三丁目の佐伯《さえき》さんとこの、口がキツネみたいなこんまい犬や。吠えるんが仕事らしいわ。キャンキャン、キャンキャン、ワイもなんべん吠えられたことか。あっこの嫁が最近飼い始めよったこんまい犬よ。

佐伯さんの嫁がゆうことにはな、番犬として重宝しとるらしいわ。怪しい人間が——盗人《ぬすっと》とかな、家に侵入して来たらキャンキャン吠えて、教えてくれるらしいわ。じゃけんど、ワイ怪しい人間か。相手選んで口利かんかと血圧上がってしもうたわ。

佐伯さんの嫁は二年くらい前に嫁いで来よった。菓子折り持って挨拶に来たけど、だいたいな、最初に挨拶に来た時から、ワイ、あの嫁が気に入らなんだ。

ワイらをな、この初音界隈を莫迦にしとる目をしとったけに。菓子折り開けたら、高松の三越《みつこし》の包装紙じゃ。中はチョコレイトの詰め合わせじゃった。

なんでもあの嫁、東京の女子師範学校、いや今は短期大学ゆうんか、そこを出て、就職した商社で佐伯さんと知《し》り合《お》うて、佐伯さんが高松支店長になるんを機会に結婚して、佐伯さんの生まれ故郷の讃岐に来たらしいけんど、今は佐伯さんの実家暮らしやろ。

それやったら、もっと頭低うにせんかい。

この界隈の人間は、佐伯さんの子供の時を知る人間なんやぞ。ま、ワイは知らんけどな。それでもや、旦那の実家に嫁入りしたんやったら、もうちっと遠慮ゆうもんがあってもええんと違うか。それが東京言葉喋りよって、それだけでも小賢《こざか》しいのに、挨拶が三越のチョコレイトかいな。

ワイ、甘いもん好きやから、ちょびちょび摘まんで、知らんうちに全部食うてしもうて、おまえの分残さんかったんで菓子折り隠したけど、そんなことよりあの嫁、挨拶の折に、なにをぬかしたと思う?

「二年もしたら東京本社に呼ばれるでしょうから、短いお付き合いになると思いますが、主人が東京に呼ばれるまで、よろしくお願いします」

そんなことゆいよった。もうその二年が経《た》っとるやないか。一向に、東京に戻る気配がないがな。ありゃ左遷《させん》されたんじゃろ。生涯、讃岐で冷や飯食いじゃ。

ほんでそれに加えてゆいよった。

「お婆ちゃんは――」

いきなりワイのことをお婆ちゃん呼ばわりや。

「岡山からいらしたそうで、田舎暮らしには慣れていらっしゃるでしょうが、なにぶん私は、生まれも育ちも東京ですから、なにかと不勉強なところもあると思います。どうかご遠慮などなさらずに、目に付くところがございましたら、よろしくご指導くださ い」

そないゆいよったんやぞ。岡山を一括《ひとくく》りにしてワイを田舎もん呼ばわりしくさった。頭は下げとるけど、腹の中ではワイらを莫迦にしとんに決まっとるやないか。東京がそんな偉いんか。そや、こうもゆうた。

「このあたりは空気が美味《おい》しいですね。東京なんて、排気ガスの臭いしかしなくて厭《いや》になりますわ。オホホホホ」

てな。

そこまでゆうんやったら、後藤《ごとう》さんの家《うち》の裏の田んぼに肥壺《こえつぼ》あるやろ、そこに連れて行って、腹いっぱい、気の済むまで、田舎の香水嗅がしてやろうかと思うたわ。

なにが排気ガスの臭いが厭でじゃ。おのれの亭主、中古のダットサンで通勤しとるやないか。喘息持ちみてえなエンジン音で、排気ガスまき散らして、ワイらこそ迷惑じゃ。おまえ知っとるか？　なんでダットサンゆう名前にしたんか。あれはな「脱兎《だっと》のごとく」から付けられた名前なんや。「脱兎のごとく」に続く言葉は「逃げる」じゃろ。それやったらおまえら夫婦も、早う東京に逃げ帰らんか。

「東京で一軒家を持つのは大変なので、一軒家に住めるのが嬉しいです。ペットの犬も飼えますしね」

ほんであのスピッツや。

どうせ東京では文化住宅にでも暮らしとったんじゃろ。文化住宅では犬も、ましてやあんな、よう吠えて煩《うるさ》いスピッツやこい飼えんわな。

それにしても泥棒除《よ》けやと？

あんなこんまい犬が、本職の泥棒の役に立つかいな。吠えられたワイが杖を振り上げただけで、尻尾丸めてあの嫁の後ろに隠れよる。蹴飛ばしたら、一発で息絶えてしまうような犬やないか。それがキャンキャン吠えくさって。

だいたいがやな、このあたりに盗人おるか？

夜に歩いているんは、風呂屋帰りの人間だけじゃ。それもみんな顔見知りで、道が暗《くろ》うてもな、姿背格好で誰が誰か分かるような土地じゃ。

うちはおなご二人の所帯やから、夜寝る前は鍵を掛けるけど、それも珍しいじゃろ。年がら年じゅう、鍵かけてない家もようけあるやないか。

ええか。ワイの遺言の一番目や。心して聞けよ。

あの嫁とは仲良うするな。

ワイだけやない。ほかの初音の衆も、あの嫁のこと、心良う思うとらん。特別、界隈の女房連中には嫌われとる。昼間勤めに出とるおまえには分からんじゃろうけんど、あの嫁はほとんど村八分じゃけに。あんなんと仲良うしたら、おまえまで白い目で見らるるようになるけんな。そやから母親として忠告しとく。

あの嫁とだけは仲良うするな。

しかとゆいつけるぞ。

さて、次の遺言じゃが。

おまえに詫《わ》びないけんことがある。それはおまえに財産を遺してやれんことじゃ。独り身のおまえは、これから誰にも頼らんと生きていかないけん。頼りになるのは銭だけやけんど、その銭も十分には遺してやれん。

毎週のおまえからもらう千円からな、ちょっとずつでも貯金しておいてやれば良かったんじゃけんど、ワイの病院のかかりが莫迦にできん額でな。ほとんど貯金、できとりゃあせんのじゃ。

じゃけんど、今の日本は高度経済成長期らしいやないか。おまえは朝からバタバタしてて、宵は飯食うて、風呂を使うてすぐ寝るけに、新聞をほとんど読まんから知らんやろうけんど、先年な、池田《いけだ》内閣が『国民所得倍増計画』を打ち出しよったけに。給金を、今の倍にすると政府が決めよったんじゃ。倍になったら、その分は貯金に回すんやぞ。浮かれて買いもんするんやないぞ。

それがワイの二番目の遺言じゃけに。

給金の上がった分は貯金せえ。

ええか。肝に銘じるんやぞ。

ま、最初に『国民所得倍増計画』の恩恵を受けるんは、都会の会社の勤め人やろ。こんな田舎の、勤め人でもない輩《やから》に、そんな慈雨《じう》が降ってくるんは、もうちっと先になるじゃろうが、それでも世間様の景気が良うなったら、なんぼかのお零《こぼ》れはあるはずじゃ。

おまえは町に雇われとる身で、身分は公務員とゆうことで、初音界隈の連中よりもお零れが来るんはさらに遅れるじゃろうけど、そこは我慢じゃけに。銭は必ずおまえのような公務員にも回ってくるけに。

新聞ゆうたら二丁目のダンプ屋の伊野《いの》さん死んでしもうたのう。

今年の初めじゃったか。

ダンプの荷台から転げ落ちて、打ち所が悪うて死になさった。子供六人も残して、つまらん死に方したもんじゃ。ほうれん草食うて二階から飛び降りて、足の骨折っただけで済んだガキもおるのに、ダンプの荷台から落ちて死んでしまうとは儚《はかな》いこっちゃで。

ほんで残された六人の長男のあきら君が朝刊配っとるんよ。まだ中学一年生じゃけに、雨の日も風の日も、健気《けなげ》に配達しとるけに。足腰が悪うなって、外にもなかなか出られんワイの一番の楽しみは、天眼鏡《てんがんきょう》で新聞読むことや。

年寄りやから朝は早いわ。朝刊心待ちにしとる。じゃけん、朝刊がポスト落ちる音したら、すぐに取りに出るんじゃけんど、ある朝取りに出て仰天したんじゃ。なんと配達しとったんがあきら君じゃった。父親が死んで、家族を支えるために、朝刊の配達しとると知って、ワイ涙が出たわ。中学出たら、工場に働きに出て、弟や妹らを助けないけんって、ほんま感心な子供やで。

あんな感心な子供を助ける仕組みが無うて、なにが『国民所得倍増計画』やと思わんでもないけど、あの子は必ず将来偉い子になるじゃろう。若いころの苦労は銭を払うてもせえとゆうけど、あの子は子供の身で苦労しとるけに、必ず立派な大人になるじゃろ。

ワイの三番目の遺言じゃ。

ええか咲子。

おまえは血圧が低うて朝が弱いかも知れんけど、台所にな、旧《ふる》い梅干しの壺があるじゃろう。あの中に、黒飴が入っとる。あきら君のためにワイが買うたもんじゃ。あきら君が配達に来たら一粒渡してやれ。渡すだけでは足りんぞ。「ご苦労さん」「頑張ってな」となんでもええ、労《ねぎら》いの言葉を掛けてやれ。それだけであきら君の気持ちはようなるけに。子供は親だけが育てるもんと違うけに。界隈の大人みんなで育てるもんやけに。褒めたり叱ったり、それが界隈の大人の責任じゃけに。

ええか咲子、忘れなや。

黒飴一粒と労いの言葉じゃ。

ゆめゆめ疎《おろそ》かにしたら、ワイ化けて出るぞ。

おまえのことは、空の雲の上の高いところから見守ってやる。あきら君のことも見守るつもりじゃ。じゃけん忘れたらいけんぞ。ええな。しかとゆい残すぞ。でえじなことやから繰り返す。

あきら君が配達に来たら、黒飴一粒上げて労いの言葉掛けるんやぞ。

お、円盤の終わりへんに針が来とるやないか。ちょっと待て。円盤止まったら交換するけに、ちょっと黙っとくぞ。

三枚目

これでワイの遺言も終わりじゃ。

咲子――

おまえにゆいたいことがある。これはおまえにしかゆえんことじゃ。じゃけんこの三枚目の円盤だけは、ほかの人に聞かさんでほしい。ええな。分かったな。

咲子――

ほかに人はおらんな？

咲子――

このことは、墓の中まで持っていくつもりやったけど、やっぱりおまえに伝えな気が済まんのじゃ。

咲子——

おまえはな——

いやワイはな、おまえの実の母親やないんや。血の繋《つな》がりはないんじゃ。

血の繋がったおまえの母親は別におる。生きてても、もう古希はとうに越えとろう。

名前は小松貴子《こまつたかこ》とゆう。岡山の網浜《あみはま》五丁目の八番二号に住んどった。

咲子——

おまえはな、父ちゃんと小松貴子の間に生まれた子供よ。不義の子じゃありゃせん。

不義密通をしたんは、父ちゃんとワイやけに。ワイは同じ岡山の中央町《ちゅうおうちょう》の『あすなろ』ゆう飲み屋の女給じゃった。そこに父ちゃんが通うてくれての、いつの間にか男女の関係になってしもうたんよ。

おまえが産まれたんは昭和十七年じゃ。その頃はもう、父ちゃんとの関係も終わっとったけんど、その二年後に不意におまえの母ちゃんがワイを訪ねて来たんじゃ。

赤子連れじゃった。

咲子——

その赤子がおまえよ。

おまえの母ちゃんのゆうことにはの、どうも戦況が思わしいとは考えられん。じゃけんどそんなことを迂闊《うかつ》に口にしたら、非国民の誹《そし》りを受ける。じゃからこの子を連れて、ウチの実家のある津山に逃げてくれんじゃろうかとゆうのよ。

その時ワイは、ろくでなしのアル中男と暮らしとった。酒だけやない、クスリにも手を出しとった。そのうえ気に入らんことがあると殴る蹴る暴力を振るう男じゃ。じゃけんが、男の稼ぎがないと成り立たんような暮らしをしとった。やから逃げるに逃げられんかったたんよ。もう飲み屋で働ける歳でもなかったけに。

おまえの母ちゃんは、汽車賃と当座の生活費やゆうて銭もくれた。ワイはこれ幸いと津山に逃げたんよ。

そやけど考えが甘かった。そらそうやろ。おまえの母ちゃんの実家やけにな。毎日が気詰まりでのう。そやからたまたま知り合うた男を頼って真庭に逃げたんよ。農家の三男で、野菜の行商に来とる男やったわ。

そこで知ったんや。

昭和二十年六月二十九日――

忘れるかいな。

終戦の年の六月の二十九日やけに。

――終戦後、岡山に戻って、生き残った人に聞いたら、B29が百五十機くらい飛んできて、岡山を焼け野原にしたらしいわ。空襲警報も出んかった。当時の日本では出せんかったんやろうな。ほんで爆撃が始まったんが午前三時前やった。そんな時間にいきなり爆弾の雨が降ってきてみ、そら逃げるに逃げられんわ。

ワイは、おまえの父ちゃんと母ちゃん、岡山中を探したで。

――あかなんだ。

死んだらしいという話はあったが、それも怪しいもんや。一年探して諦めたわ。それでな、戦後のどさくさに紛れて、おまえをワイの娘として戸籍に入れたんや。

おまえも薄々おかしいと思とったやろ。

ワイとおまえ、歳が離れすぎとるもんな。

じゃけえど咲子――

これだけは信じてくれ。

ワイはおまえのこと、ほんまの娘やと思うて育てたで。キツイ母親やったかも知れんけんど、それにはこんな事情もあったんやけに。

事情というたら、咲子、ワイが戦争毛嫌いしとん知っとるな。

戦争のセの字を聞いても機嫌を悪うするじゃろ。

そやけどワイが戦争嫌いなんは、おまえの父ちゃんを殺されたせいでも、疎開先で不自由な暮らしをしたせいでもない。ワイがほんまに嫌いやったんは大本営や。勝った、勝った、また勝った、ゆうて嘘《うそ》の情報ばっかり流しよって、挙句の果ては、本土決戦がどうたらと、竹槍の練習までさせられて、竹槍でアメリカ軍に勝てるんかと、そんな疑問さえ口にはできんかった。

五人組や、とんとんとんからりんと隣組じゃ。国はな、隣どうしで助け合えゆうとったけど、実際は監視し合え、戦意高揚を害するもんは、告げ口せえ、とゆうこっちゃ。

法律まででけたな。戦争に反対する人間には厳罰を与えるゆう法律や。国会では否決されたけど、いつの間にか通ってしもうて、死刑宣告までされるようになった。戦争に反対するもんがようけ殺された。

そんな風潮がイヤやったんやない。それを信じて、その通りやと思い込んだ自分がイヤやったんや。竹槍でアメリカ兵刺し殺したる、そう考えてた自分が恥ずかしかったんや。

「欲しがりません、勝つまでは」「贅沢《ぜいたく》は敵だ」「進め一億火の玉だ」「一人十殺米鬼を屠《ほふ》れ」そんな標語を本気で唱えとったわ。

――円盤まだ半分残っとるな。まるでワイの人生の残りみたいや。

しゃあないの、ゆうたいことは全部ゆうてしもうたがな。じゃけんど、物を残すんは、飯粒でも汁でも、でえ嫌《きれ》えな性分じゃけに、どれ、思い付くまま喋るとするか。

さっき話した大工の藤本さんちの娘さんじゃけんど、年頃になったら父親を殺しとうなるほど恨むゆうたんは、ちいと言葉が過ぎたわ。

そんなことはありゃあせん。あの親子、見てみんさい。ほんまに仲が良かろう。そら藤本さんは手前大工で、下働きばっかで、とても棟梁《とうりよう》なんぞになれる器やない。じゃけんど、大工仲間に混じって、目上のもんであろうが目下のもんであろうが、頭を低うして人いちばい動いとる。昔は荒くれもんじゃったらしいけんど、今では誰にでも好かれる大工になっておりんさる。酒も一切断っとりんさる。

それもこれも、娘のために稼がにゃあならんゆう心構えが出来とるからじゃ。ほんにあの男は、あの事故以来、人が変わってしもうたわ。近所のもんにも愛嬌振りまいとるじゃろう。あれも事故以来のことじゃ。娘が近所で悪うゆわれんよう、気いを遣っていんさるんよ。そんな父親の背中を見て育った娘が、なんで父親を恨むものか。

風呂屋の莫迦息子でさえ、あの娘を苛《いじ》めたりはせんじゃろ。労《いた》わっとろう。それも過ぎた労わりが、相手を僻《ひが》まさんよう気を配ってじゃ。さっきは阿呆呼ばわりしたけんど、算数や国語ができるだけが利口の証《あかし》やないけん。気を配れるもんがほんまもんの利口じゃ。

幸い風呂屋の息子は藤本さんの娘と同学年じゃ。来年いっしょに中学に上がる。万にひとつでも、あの娘のケロイド足を悪うゆうもんがおったら、それが上級生じゃろうが、臆するような息子やない。なんせあいつはポパイでスーパーマンじゃけんのう。相手をボコボコにしてでも、藤本さんの娘を守るに違いないわ。弱いもんには優しゅうせないけん。この界隈の気風をあいつも受け継いどろう。ワイは安心しとるで。

ほいでついでとゆうたらなんじゃが、『えびす屋』の福耳親爺じゃ。

これこそついでじゃ。

この三枚目は、他のもんに聞かしちゃならんぞ。

ええな咲子――

繰り返すが聞いとんはおまえだけじゃな。

あの親爺な――

ワイに岡惚れしとったんよ。

今のことじゃないけに。初音に来た当時のことじゃ。慣れん土地に来たワイらになにかと気を遣《つこ》うてくれての、界隈のことやらしきたりやら、教えてくれたんがあの親爺じゃ。

ワイのひとり合点じゃありゃあせん。ワイを甘うみたらいけんけんぞ。岡山で女給をどんだけ長《なご》うしたと思とんじゃ。男心なんぞ手に取るように分かるけに。

じゃけんどワイも惚れた腫《は》れたの歳でも無かった。なによりお前は小学校の先生じゃ。その母親であるワイが、浮名を流すわけにもいけんじゃろうが。そやから袖にしてやったんよ。とはゆうもんの、あの福耳も連れに先立たれたひとりもんじゃ。ワイがその気になっとったらと、いまさら思わんでもないわいな。

そやけんな、ワイの胃のできもんのことも、老い先短いことも、あの親爺だけには伝えてある。そのうえで、咲子のことを頼むとゆうた。

ほしたらあの親爺、オイオイ子供みたいに泣きよって「任しときまい」とゆうたけん、なんぞ困ったことがあったら、あの御仁に相談せい。ああ見えても初音の町内会長やけに、なんなと助けてくれるやろ。

それからあのスピッツの嫁さん。さっきは関わるなとゆうたけんど、余所《よそ》から越して来たもんの気持ちが分かるんは、やっぱり余所から越してきたワイらやけに、おまえがあんじょうせなあかんで。

初音界隈の人らも、あのスピッツおなごとは距離を置いとるじゃろ。じゃけんどそれは、嫌《きろ》うとるわけやないんで。どう接してええか分からんのやけに。それはあの人も同じゃ。分からんけん東京の話ばあするんよ。

そのあたりの機微はおまえなら分かるじゃろ。ええ咲子、分かるじゃろ。そやけんおまえが中に立たないけんけに。

ほれからウドン食いの寺男の作造な。

あの大会は、作造のためを思うて続けとる大会なんを知っとるか？

知らんかったやろ。ワイは住職から聞いたんじゃ。

「あんな人間でも年に一度くらいは光を当ててやらんと仏様に叱られますけん」

なんで優勝者が決まっとる大会しよんねと尋ねたら、そうゆうたんじゃ。

ワイ、なんもゆえなんだ。

そらそうじゃのうと思うた。

このことはこの界隈の年寄りじゃったらみんな知っとることじゃ。でえじなことじゃと思わんか。毎日、毎日、あの広い境内を掃くしか能の無い男にでも、ええ目えをさしたろうと、この界隈の人らは思うとるんじゃ。おまえもその心、忘れたらいけんけにな。

あと――

そうじゃ。タバコ屋の別嬪さんじゃ。

あのおなごも可哀そうな身の上でのう。おまえと同じ行かず後家やけんど、なんであれほどの別嬪が嫁に行けんかったか。

惨い話があってのう——

噂じゃ。

あの別嬪、若えときに腕に針が刺さって折れたらしい。その針が血の流れで、今も体を巡っとって、それがいつ、心臓に刺さって死ぬやも知れんと、そんな噂が流れたらしいわ。もうそんな噂は年配のもんしか知らん。たわいもない噂よ。

誰が流した噂かも知れんらしいけんど、あの美貌を妬《ねた》んだ誰ぞの仕業やろ。

ただそれが仇《あだ》になって、嫁のもらい手が無かったらしいわ。いつ死ぬやも知れんおなごを嫁にはできんとな。

あんな小さいタバコ屋と、僅《わず》かな文房具売りだけで一人住まいを支えとんじゃ。そのうえそんな噂流されてみい、そらキツイ商売もするやろう。それが分かっとるけに、界隈の男衆は、高え煙草を買いに行くんよ。

噂を流したんは、美貌を妬んだおなごやないかも知れん。手の届かん高嶺《たかね》の花を逆恨《さか》みした男かも知れん。ワイは知恵の回る男やろうと推理しとる。おなごがこんな手の込んだ噂を考え付かんじゃろ。

あのおなごはいつ死ぬるかも知れんおなごじゃけに、手を出さんほうがええと考えた卑怯《ひきよう》もんが、自分を納得させるために流した噂じゃろ。

じゃとしてもじゃ、いずれも哀れな話よのう。流されたほうも流したほうも哀れじゃと思わんか？

じゃけんあのおなごが、少々キツイ商売しても、誰もなんもゆわんのじゃろう。

別に十円のもんを百円で売っとるわけやない。口舌《こうぜつ》鮮やかに、よりええもんを売り付けようとしとるだけじゃ。この界隈には、ほかにそいな商売人がおらんさけえ目立ってしまうんか知らんけんど、商売ちゃあそうゆうもんかも知れんじゃろ。

のう咲子よ。

いけん、いけん。喋りすぎてしもうたわ。円盤も、もうすぐ終わりじゃきに。

はぁ、再来年は東京オリンピックか。日本が国際社会に認められる一大イベントじゃゆうて、気合が入っとる。これを機会に、立ち小便を止《や》めようという機運があるけど、そんなことまで政府が口出しする時代になったんやのう。なんや気色の悪いもん感じるんはワイくらいか。立ち小便しとる男見掛けたら、そこらの子供まで「世界の人に恥ずかしいで」とかゆうて囃《はや》し立てよる。出だした小便、止めるに止められへん男衆がおたおたしてるやないか、相互監視が始まっとんやな。きな臭い世になり始めとるやないか。

咲子――

ワイは幸せじゃった。血こそ繋がらんが、おまえとゆう娘がおって幸せじゃった。ほれにいろいろ毒も吐いたが、初音界隈の人もええ人ばっかりじゃった。

なんが高度成長期じゃ。『国民所得倍増計画』が聞いて呆れるわ。

咲子――

おまえもここに住んどったから分かるじゃろ。

銭金で人間が幸せになるか。幸せが売っとるか。阿呆な世の中とおさらばして、冥土《めいど》に行けるワイは果報もんじゃて。

咲子――

さいならやで。

白蟻女

いつのころからか亭主の歳《とし》を意識することなどなくなっていた。

数えてみたら、あなたまだ七十まえじゃないの。

誕生日が来週だったことを思い出して切なくなった。せめてあと五年くらい生きていてくれたらと胸がつまった。

「ちょっと早すぎたわね。栄一郎《えいいちろう》さん」

亭主の死に顔に向かって語りかけた。

何年かぶりに口にする亭主の名前だった。気恥ずかしさと懐かしさがないまぜになって、また涙が滲《にじ》んだ。

亭主の還暦祝いをしたのは平成十一年の秋の終わりだった。長男の智之《ともゆき》が仕事に追われるなか、二人の娘が祝ってくれた。

「次は古希のお祝いだね」

そう言った末っ子の由美《ゆみ》の言葉に、赤いちゃんちゃんこを着せられた亭主は照れながら言葉を返した。

「そうだな。昔ならいざ知らず、還暦くらいで祝ってもらってもな。古希の祝いこそ盛大にやりたいもんだ」

「お父さん、長生きしてね」

長女の千賀子《ちかこ》に答えたんだよ。

「ああ、米寿まで、なんなら白寿までだって長生きするさ」

それなのに、あなた、未《ま》だ九年しか経《た》っていないんだよ。早すぎるじゃない。

大粒の雨が砕けるガラス窓の向こうは、吞《の》みこまれそうな闇だ。

「台風が来てるんだって」

また亭主に語りかけた。

遠くの方の空の高いところで乱暴な風鳴りが聞こえた。

「そういえば、むかし台風に泣かされたことがあったわね」

嫁《とつ》いでから三年目の秋だった。直撃を受けたわけではないが、刈り込みまえの稲がなぎ倒されて、ずいぶんと刈り取りに骨を折った。

それもこれもむかしの話だわね。

農家だったころのことを思い出すと、胸がつまるほどではないけど、酸《す》っぱい思いが込み上げてくる。

「お母ちゃん」

背中から声をかけられた。

座ったままの恰好《かっこう》で、右手をついて膝を滑らせ振り返った。

その動作のなかで、ずっと左手に握りしめているハンカチを目尻にあてた。それほど泣いたつもりはないのに、ハンカチはたっぷりと涙を含んで重たかった。

長男の智之が、戸口の枠に広げた両手を突っ張って、部屋に身を乗り出していた。

「悪いけど、仕事に戻るから。ほんとうにごめん。こんなときに」

「いいのよ。気にしないで。千賀子と由美がいてくれるから。そんなことより、あなた身体は大丈夫なの？」

連日の超過勤務の疲れを溜《た》めた智之の顔は、亭主と同じくらい頰《ほお》が痩《や》せこけ土色だった。

「ああ、なんとか。それよりあしたは……ごめん二時だったたっけ」

さっきから何度目かの確認だった。疲れもあるのだろうが、頭のなかが他のことでいっぱいなのだと思った。

仕方ないわよ。

昨日だってろくに寝ていないんでしょ。

怒る気にはなれなかった。

今年で四十七になる智之は、縁に恵まれずに未だ独身で、通うのに便利だからと会社の近くにアパートを借りていた。亭主が癌《がん》で寝込むまえは、ひとり暮らしのアパートに押しかけて、なにかと身の回りの世話もしてやれたけど、このごろはぜんぶひとりでやらなくてはならないのだ。

仕事だけでも大変そうなのに。

「ええ、二時からよ。でも三十分前にはお願いね」

「分かってる。今夜も徹夜仕事になるかもしれないけど、まさか遅れたりはしないから」

智之が、突っ張った両腕に勢いをつけて戸口から離れ、背を向けた。

「一度お医者さんに診てもらいなさいよ」

どこの母親でも言いそうなありきたりの忠告は、背中越しのあいまいな返答ではぐらかされた。

「いくら仕事が忙しいからって、今夜くらいなんとかならないのかなぁ」

通夜の弔問客を見送り、智之と入れ違いに部屋に戻ってきた末っ子の由美が、不満そうに口を尖《とが》らせた。

咎《とが》めている口調ではなかった。四十前になっても甘えん坊の由美は、通夜の席の兄の不在を寂しがっていた。

由美に続いて長女の千賀子も部屋に戻った。

「そんなこと言わないの。兄貴の会社、かなりきびしいらしいわよ。由美のところは公務員だから不景気も関係ないでしょうけど、民間は大変なのよ」

とりなした千賀子の旦那の幸雄《ゆきお》さんは、もう八年間も単身赴任で、盆暮れにしか家族のもとに戻れない生活を続けている。

小学生だった一人息子が高校を卒業し「これじゃあなんのために結婚したのか分からないわ」というお決まりだった愚痴も、最近では聞かれなくなっている。

「公務員といったって、市役所の末端職員だもん。幸雄義兄《にい》さんみたいに高給取りじゃないし、うちはうちで大変なのよ」

「それでも市役所はつぶれないでしょ。単身赴任もないもの。贅沢《ぜいたく》を言ったらバチが当たるわよ」

「だったら交換してよ。亭主元気で留守がいいなんて理想だわよ」

「お生憎《あいにく》様。わたしは幸雄さんを愛していますの」

「あら、わたしだって弘明《ひろあき》を愛しておりましてよ」

ふたりの娘のたわいもないやりとりを聞きながら、喪服を脱いで寝間着に着替えた。飲み食いの席の後片付けは、千賀子の言葉に甘えて娘たちに任せた。

「あんまり盛り上がらないお通夜だったわね」

みんなの食べ残しをごみ袋に集めながら、ひやりとするような言葉を由美が呟《つぶや》いた。

「仕方がないわよ。お父さん、まだ死ぬ歳じゃなかったもの。それにみなさん、台風が近づいているので気が急《せ》いていらしたみたいだったし」

「それにしてもあんまり思い出話がなかったわよね。もっとお父さんのこと、いろいろ聞かせてほしかったな」

「つまらないこと言ってないで、手を動かしなさい」

千賀子が叱った。

由美の言うとおり、盛り上がらないお通夜だった。

思い出話が少なかったわけではないが、それは亭主が若いときや子供のころの話題がほとんどだった。三十を超えてからの話はあまり語られなかった。みんなどことなくその話題を避けていた。

喪服をしまい、また亭主の枕元に戻った。朝からの時間をほとんどそうして過ごしていた。きょうだけは少しでも長い時間、亭主の顔を眺めていたかった。

今夜があなたと過ごす最後の夜なのね。

さっきから何度も同じ思いを繰り返していた。

亭主はただ眠っているようにしか見えず、どうにも最後という言葉が腑《ふ》に落ちなかった。

しばらく眺めていて、ふっとなにか気配のようなものを感じて亭主の口許《くちもと》に目をやった。亭主がなにかを囁《ささや》いたような気がした。

どうしたの？

なにか言いたいことがあるの？

胸のうちで問いかけてみても、亭主はなにも答えてくれない。でもその死に顔は、確かになにやら物言いたげに見えた。

後片付けを終えたふたりの娘は、就寝の用意に取り掛かるところだった。その娘たちに背を向けたまま無意識に言葉が漏れた。

「千賀子、由美」

自分の胸に浮かんだ想いに戸惑った。

「どうしたの、お母さん」

千賀子がボストンバッグを開ける手を止めてこちらに目を向けた。由美は、折り畳んだピンクの花柄のパジャマと化粧ポーチを並べ始めている。

「ちょっと言いにくいんだけど……」

早口になってしまった。

それで由美も手を止めた。

千賀子と由美の怪訝《けげん》そうな視線に晒《さら》されて、ますます言いにくくなってしまった。

やっぱり我儘《わがまま》かしら。

この子たちだって、それぞれにこの人との思い出はあるのだから、ひとりで添い寝したいというのはちょっと違うような気がした。

また遠くで風が鳴って、それが自分を叱る声のように思えた。

どうしたものかと迷っていると、

「わたしたち、帰ろうか」

千賀子が気持ちを察して言ってくれた。

「お姉ちゃん、急になによ。勘弁してよ」

由美の抗議を柔らかく手で制して、千賀子が返事を待つように小首を傾《かし》げた。なにも言えずに俯《うつむ》いて黙っていると、小さく頷《うなず》いて由美に切り出した。

「今夜はお父さんとお母さん、ふたりにしてあげようよ」

「お姉ちゃん、そんなの無理だよ。今夜はお姑《しゅうとめ》さんが子供たちの世話をしに来てくれてるのよ。こんな時間からもういいですなんて言えないわよ。ただでさえうるさい人なんだからね。ちょっとはわたしの身にもなってよ」

千賀子が柔らかく微笑《ほほえ》む声で言った。

「うちに泊まればいいじゃない。幸雄さんの帰りはあしたの朝になるし、部屋なら空《あ》いているわよ。わたしたちはわたしたちで、お父さんのお通夜をしてあげようよ」

由美の戸惑った視線を感じたが、やっぱりなにも言えずに俯いたままでいた。

視界の端で千賀子が由美の肩に手を置くのが見えた。

由美が小さくため息をついて「せっかく三人で夜更《よふ》かしできると思ってたのになぁ」と言いながらも、承服した。

娘たちを見送ってから、斎場のどこかよそよそしいユニットバスで汗を流し、湯上がりにビールを一口だけ頂いた。

雨音に包まれた部屋で寛《くつろ》いで、やっぱり亭主とふたりきりにしてもらってよかったと千賀子の気配りに感謝した。お父さん子だった由美にはごめんなさいねと謝った。

それから智之のことを思った。

今夜も徹夜になると言っていた。同じ雨音を聞きながら、ひとり職場で働いている姿が目に浮かんだ。真面目が自慢の息子だった。

無理をしないでね。

でも母親が助けてやれる歳でもないわよね。

もともと寝つきは悪くはなかったが、いつにもまして眠りが軽やかに訪れた。

看病疲れというのではなかった。なんだか肩の荷を下ろしたような、それともつきものが落ちたような、連れ合いを亡くすというのはこういうことなのかと、ぼんやり思いを巡らしているうちに、あっけなく眠りに落ちた。

それでもさすがに熟睡はできなかった。

次から次に、折り重なるように夢を見た。

どれもこれも亭主の夢だった。

あまりに夢がうるさくて、結局夜中に目が覚めてしまった。

雨音が止《や》んでいた。

風が鳴る声も聞こえなかった。

水底にいるような静けさに部屋が満たされていた。

見たばかりの夢をなぞりながら、自然と気持ちが亭主に向いた。

布団にきっちりと納まって、顔に白い布を被《かぶ》った亭主がずいぶんと他人行儀に思えた。

冷たいじゃないのよ、あなた。ちょっと顔を見せてよ。

頭を枕に載せたまま、布団の中から手を伸ばして、亭主の顔にかけられた白い布をめくってみた。枕もとの、火の用心のために交換された、蠟燭《ろうそく》代わりのスモールランプの灯《あか》りが、亭主の死に顔をぼんやりと浮かび上がらせた。

厳《おごそ》かな死に顔だった。

生きているときは、頑固なくせに優柔不断で、どこか頼りないところがある人だったのに、死んだらそれなりの顔になるのね。

思慮深げな面持ちにちょっとだけ惚《ほ》れ直した。

死んでから惚れ直されても戸惑うか。

いいじゃないの。

惚れて一緒になって、ずっとあなたを好きだった。

あなたとは、四六時中、おんなじ空気を吸ってきた。

あなたが傍《そば》にいるだけで安心だった。

でもこれからはどうなんだろ。

末期癌で、たくさんのチューブがつながれた亭主の病室に寝泊まりしていたのは、周りが思っているような、身を粉《こ》にした看病だけが理由ではなかった。亭主の寝息がしないと落ち着いて眠れなかった。一緒にいられる時間が限られているのであれば、一分一秒でも傍に居させてほしいという思いもあった。

そういえば今夜は横で寝ているのに寝息が聞こえない。

こぼれるほどではないけど、また涙が滲んだ。よく糊《のり》のきいた枕カバーに軽く目を押しつけて、また亭主の顔に目を戻した。

これからのこと。

あなたがいないということ。

あなたのことばかりを思って、涙を流して暮らすのだろうか。それともあなたのことは思い出の中に仕舞い込んで、その日その日の些細《ささい》なことに、一喜一憂するお婆さんになるのだろうか。

老いらくの恋がないことだけは間違いないから安心してね。

あなた以外の人を、どう好きになっていいのか分からないもの。

スモールランプの灯りとは別に、部屋の隅がぼんやりと明るかった。目が覚めたときから気にはなっていたのだが、ちょっとそっちに目をやるのが躊躇《ためら》われていた。でも気になることをそのままにしておける性分ではないので、ゆっくりと体を起こして目を凝《こ》らした。

やっぱり。

さっき亭主が物言いたげに感じたのは、このことだったのだろうか。だとしたら、娘たちを帰したのは間違いではなかった。

遺体が安置された布団の向こう側の薄暗がりに、背を丸めた白装束の亭主がちょこんと座ってこちらに視線を向けていた。


「どうしたのよ」

ゆっくりとからだを起こして布団の上に座り直して声をかけた。

「まだ出るのは早いでしょ。せめて本葬が終わってからにしようよ」

亭主がバツの悪そうな顔をした。いつもの困った顔だった。

気難し屋で普段は顰《しか》め面《つら》をしているくせに、都合が悪くなると拗《す》ねて甘えるような顔をするんだから。

先に逝ってしまったことを申し訳なく思っているのかしら。

でもそれとはちょっと違うみたいだった。

「奥さん」

亭主の背後からいきなり女が顔を覗《のぞ》かせた。

亭主とおなじ白装束を着ていた。

「ひっ」と息を呑んで固まった。

亭主の幽霊だけならまだしも、女の幽霊まで出てくるとは思っていなかった。

気のせいかもしれない。

錯覚かもしれない。

寝呆《ねぼ》けているのだわ。

頭のなかがぐるぐるした。

「奥さん」

気のせいでも、錯覚でも、寝呆けているのでもなかった。

また呼びかけられて危うく悲鳴をあげそうになった。

ただその言いようが茶目《ちゃめ》っ気《け》たっぷりだったのと、幽霊にしてはずいぶんと親しげな微笑みだったのと、なによりその女の人がかわいらしい娘さんだったので、吸い込んだ息を悲鳴に変えずにゆっくりと吐きだした。

誰だろう？

ぼんやりとしたスモールランプの灯りは、はっきりと容姿を照らし出すほどではなかったが、記憶の引き出しがカタカタ鳴った。

「あら、忘れちゃったんですか。いやだなぁ、もうろくしちゃって」

乱雑な記憶の中に小さな欠片《かけら》をひとつ見つけた。

小さいけど、とても硬い欠片だった。

「白蟻女《しろあり》……」

四十年近い歳月で、名前も顔も風化していた。

でも白蟻女に間違いない。


二つ違いの亭主と一緒になったのが二十歳のときで、亭主がこの女と修羅場を演じたのは結婚して九年目、次女の由美がお腹《なか》の中にいたときだった。

あの朝、他人《ひと》の家に上がりこむなりこの女は、手に持った白蟻の駆除剤を呷《あお》ったのだ。

残暑がきびしい朝のことだった。

また女のところに泊まるのだろうか。

いつものように朝帰りだろうか。

女がいると亭主が白状したわけではないが、集落ではそんな噂が飛び交っていた。いいえ、噂どころではない。ご親切にわたしに注進してくれる人さえいた。

「あなたのご亭主、町場のキャバレーの女に貢《みつ》いでいるらしいわよ」

そんなのは未だましなほうで、「うちの人が町場で見かけたらしいんだけど」と、亭主がなんという名前の店に通っているのか、どこそこのアパートで相手の女と一夜を過ごしているのか、かなり具体的なことを教えてくれる人もいた。「うちの人に聞いたんだけど」という言葉を添えて、だ。直接ではなく伝え聞きの話ばかりだった。

みんなが教えてくれる町場とは、バスで小一時間くらい離れた県庁のある町だ。デパートとかもあって、何度か買物に出掛けたこともある。長男の智之が小学校に上がるとき、ランドセルを買いに行ったくらいなので、それほど詳しくはないが、デパートの裏手に歓楽街があって、その一角に女が勤めている店と、店のすぐ近所に、亭主が転がり込んでいる女のアパートがあるらしい。

それを問い詰めることができずにいた。許していたわけではないが、問い詰めて夫婦仲が気まずくなるのが怖かった。

亭主は外出の要件を「仕事の付き合いだ」としか言わなかった。仕事らしい仕事はしていなかったので、その疑問を口にすると、「不動産関係の仕事だ」と、吐き捨てるように言われた。

噂のことを軽い口調で確かめてみた。そんなことはないわよね、という風に確かめたのだが、「おれが信用できないのか」と、怒鳴るように返されて黙るしかなかった。

もうその時点では亭主の浮気を確信していた。

しかし三人目の子供が産まれるのに、浮気なんかするわけがない。たとえしていたとしても、本気になるはずがない。それは一時の火遊びで、家庭を壊すような人じゃない。

そう決め込んで、その日も早く床についた。

ところが遅い時間に亭主が帰宅した。タクシーが玄関先に停《と》まる音に浅い眠りから覚めた。

玄関で出迎えた亭主は裸足《はだし》だった。

顔面が紙のように真っ白だった。

瘧《おこり》に罹《かか》ったように体が震えていた。

理由を聞いても震えているだけで、ろくに会話もできないので、ともかく一晩かけてようやく落ち着かせて、朝ごはんの支度でもしようかと思っていたところに、見知らぬ女が乗り込んできた。

その女は能面のような顔をしていた。

「一緒になれないんだったら死んでやる」

棒読みをするような、抑揚のない声だった。

無表情のまま、茶色の小瓶に入った液体を一息に飲み乾《ほ》した。

たちまち顔が赤く膨《ふく》れ上がり、悶絶《もんぜつ》が始まり、血反吐《ちへど》をまき散らしながら喉を掻き毟《かきむし》って絶命した。

あっという間の出来事だった。

断末魔の様子を思い出して背筋が冷たくなった。

その女の人がお通夜の席に化けて出た。

白蟻の駆除剤を服毒して死んだから白蟻女。

というわけではない。

目の前で阿鼻叫喚《あびきようかん》の様を見せられた。その光景は後々まで夫婦の生活の深いところを蝕《むしば》んだ。ちょうど白蟻が根太《ねだ》を蝕むように。

だからいつのころからか、白蟻女と思い出すようになっていた。もちろんそんなことは、亭主にさえ言ったことはなかったけど。

知らない場所で死んでくれたのだったらまだしも、自分の家の居間で死なれたのだ。

そうそう簡単に忘れられるはずがなかった。

もちろん亭主との間でなにがあったのか問い詰めたかった。納得させてもらいたかった。しかしあれ以来、小さな物音にも、怯《おび》えた目をする亭主を問い詰めることができなかった。早く普段に戻りたい。そのためにできるだけ普通を装った。無理をして取《と》り繕《つくろ》った。それが家庭を壊さないことだと自分に言い聞かせた。

それにしても、どんな腹いせなのかは知らないが、もし嫌がらせが目的だったのなら、その目的は十分すぎるほどに果たされた。どうしていまさら化けて出なくちゃいけないのだろう。

「白蟻女？　なんなのそれ。わたし朱美《あけみ》っていうの。覚えておきなさいよ」

そうだわ、確か朱美さんという名前だったわね。

それにしても「覚えておきなさいよ」ですって。そんな乱暴に言わなくてもいいんじゃないかしら。

「その朱美さんがどうして」

名前を口に出して言ってみたが、やっぱり白蟻女の方がしっくりした。四十年近くも、胸のうちに巣くってきた呼び名なのだからしょうがない。

「栄一郎さんをもらいに来たのに決まっているでしょ。これでこの人はわたしのものになったの。もう奥さんには手が届かないわ」

白蟻女が膝立ちして、亭主を背中から抱き締めた。肩に頰ずりをした。亭主はますますバツが悪そうに俯いたが、心なしか頰が緩んだようにも見えた。

なにを照れてるのよ。

そんな場面じゃないでしょ。

白蟻女よりもむしろ亭主に腹が立った。

「わたしたち約束していたの。もしこの世で添い遂げられなかったら、あの世で一緒になろうねって」

相手の素姓が分かったので少しだけ落ち着いてきた。

それでつい口元に笑みが浮かんでしまった。

あの世で一緒になろうですって？

「なにが可笑《おか》しいのよ」

「ごめんなさい。でもそれって、心中のときとかに言うせりふじゃないかしら」

白蟻女が、子供が拗ねる前触れのように眉間にしわを寄せた。

かまわずにつづけた。

「四十年近くも待たされて、そのせりふはどうかしら。だいたい釣り合いが取れないじゃない。あなたはどうみても娘さんだし、うちの人はもうしわしわのお爺さんよ」

担当した刑事さんの言葉を思い出した。

「確かあなたは十七歳だったわね」

あの女はね、まだ十七歳だったんです。年齢を偽《いつわ》ってキャバレーで働いていたとんでもない性悪女です。

ご亭主が悪いんじゃない。相手が悪かったですな。あんまりご主人を責めんでください。

煙草《たばこ》の臭いがきつい、年配の刑事さんだった。

慰めるつもりで言ってくれたのかもしれないが、自ら命を絶った若い娘さんを「性悪女」と決め付ける言いように、少しいやなものを感じた。

「だったらこれでどうよ」

白蟻女が野太い声で言って顎を引いた。

顔を引き攣《つ》らせて白目を剝《む》いた。

肩まで垂れた黒髪が艶を失って白髪に変わった。

顔や腕の肉が削《そ》げ落ち、骨と血管が浮かび上がった。

皮膚が乾き、深くて細かいしわが目尻や口元に刻まれて、白蟻女はたちまち老婆の姿に変身した。

ご丁寧に変身が終わるなり、口を開いて「かぁー」と吠《ほ》えた。

今度は声に出して笑ってしまった。

どうやら威嚇をしているようなのだが、ネタがばれている怪談と一緒で、少しも怖くはなかった。

「ちょっとやりすぎよ。それじゃ九十のお婆さんじゃないの。いくらなんでも亭主がかわいそうよ」

「どうして、怖がらないのよ」

白蟻女がヒステリックに叫んだ。

どうしてって言われても……

目論見《もくろみ》の外れた白蟻女が、怒りに髪の毛を逆立《さかだ》てて、くやしそうに拳で膝を叩《たた》いた。

ずいぶん短気な人ね。

ひょっとしてあなたの衝動的な服毒自殺は、その気性が災いしたのかもしれないわね。

衝動的だったと思う。

「そうだわ」

思い当たることがあった。

「あなた、死ぬまえにシマッタって顔していたわ。たぶん死ぬほどの薬じゃないと思っていたんじゃないかしら。かわいそうに。生きていたら楽しいことだって、もっとたくさんあったでしょうに」

「奥さんに同情されるいわれはないわよ。わたしは……」

老婆の白蟻女が宙に目を泳がせて言葉を探した。言葉を探すうちに白蟻女の顔が元の娘さんの顔に戻った。

ようやく言葉を見つけて、

「愛に殉じたのよ」と、吐き捨てた。

悪いとは思ったが今度は苦笑させられた。

白蟻女の若さと「愛に殉じた」という時代遅れの言いようが、どうにも不釣り合いだった。歳はとっていないのに古臭いというところが、哀れといえば哀れだけれど、苦笑せずにはいられなかった。

「わたしは後悔なんかしていませんからね。あのとき死んだことでわたしは栄一郎さんの心の中に移り棲《す》んだんだわ。奥さんは知らないでしょうけど、栄一郎さんは若いままのわたしの姿をずっと胸に抱いて生きてきたのよ」

亭主の耳元に口を寄せて、

「ねぇ、そうでしょ、栄一郎さん」と、白蟻女が囁いた。

顎の筋を撫《な》でられた亭主が困った顔をした。照れくさいというのではなく、困惑の色が目に浮かんだ。

そうかしら。

確かにあなたのことを忘れることはできなかったでしょう。

ただしそれは別の意味でね。

胸に抱いてというのとはちょっと違うと思うけど。

白蟻女が死んでから、しばらくの間は毎晩のように亭主は夢にうなされた。大声をあげて、びっしょり汗を掻いて、夜中に布団から飛び起きることも度々あった。

それが心に移り棲んだということなの。

ちょっと違うように思えるのだけど。

四十年近く前のままのあなたは、トラウマという言葉は知らないわよね。ついでに言うと、ストーカーという言葉も。

「ねぇ、そうでしょ。栄一郎さんはわたしのことを、ずっと思っていてくれたのよね」

駄々《だだ》をこねるように白蟻女が繰り返し、しぶしぶといった様子で亭主が頷いた。

「無理強《じ》いするのはやめなさいよ。うちの人が困っているでしょ」

今度は白蟻女の口元に笑みが浮かんだ。

「嫉妬しているのね。くやしかったらこっちの世界に来てごらんなさいよ。奥さんに自分の命を絶つ勇気があるの。もうどんなにくやしがってもだめだわ。栄一郎さんはわたしのものになったのよ。この人はそっちの世界の人じゃないのよ」

白蟻女がよりいっそう強く亭主を抱きしめた。

こっちの世界とそっちの世界。

そうなのよね。

ほろ苦い思いが込み上げてきた。

身内はみんな、ずいぶんまえから亭主の死が近いことを受け入れていた。四十九日が終わったら、家をリフォームして由美の家族と同居することになっていた。

「官舎を出られるなんて夢みたい。もうお付き合いがたいへんなの。役場の人間関係を、近所付き合いにまで持ち込まないでほしいわよね。組合の人はなにかというとイベントをやりたがるし、選挙のときなんかは監視されているみたいで気持ち悪いし」

旦那さんは納得しているのと訊《き》いたのに、由美は自分の気持ちばかりを口にした。

亭主には申し訳ないが、二年間の入退院生活の最後の何カ月かには、かなり具体的な話もするようになっていた。

亭主の部屋を孫たちの部屋に改装するとか、使い勝手の悪い台所を今風のシステムキッチンに改装するとか。薬で眠らされている亭主の枕元でさえ、そんな話題が交わされるようになっていた。

見積書に添えられた設計図面に亭主の居場所はなかった。

それを眺めながら、自分の気持ちを亭主の気持ちに置き換えて寂しくなった。

そんな亭主に対するささやかな罪悪感に、こっちの世界、そっちの世界と言った白蟻女の言葉が触れた。

「そうよね。もうわたしの手の届かないところにいったのよね。わたしはこの人を思って余生を送るしかないのよね」

余生という言葉の響きがすとんと胸の中に落ちた。

そうか。そういうことなのか。

いままで余生という言葉の意味なんて考えたこともなかったけど、連れ合いを亡くして、ひとりになることが余生ということなのかもしれない。

夫婦になって、一緒に歳をとって、一緒に天寿を全うできたら幸せだろうけど、たいていはどちらかが先に旅立つことになる。残された方が過ごす時間を余生と考えれば、これほど言い得て妙な言葉はない。

お別れなのだと、亭主の亡骸《なきがら》をこの場に横たえてから受け入れ難《にく》かった現実を、ようやく実感できたような気がした。

「わたしはもうこの人になにもしてあげられないのよね」

しっとりとした寂しさが去来した。

亭主だって同じ思いに違いない。

ごめんね、抱きつかれて照れているあなたに腹を立てたりして。

あなたもひとりになるんだよね。

そう諦《あきら》めていたところに、むかしの女の人が迎えに来てくれたんだもの、少しは頬も緩むわよ。

「いいわよ、あなた。わたしは十分なことをしてもらったから、これからのことはこの人にお任せするわ。せいぜい大切にしてもらいなさいな」

思いもかけない言葉が口をついて出た。

自分で自分に驚いた。

でも違和感はなかった。素直な気持ちだと思えた。

亭主の顔が不安そうに曇ったのでやさしく微笑んでみせた。

「大丈夫よ。一度はあなたに惚れてくれた人だもの、大切にしてくれるわよ。あなたもそれなりの歳なんだから、今度はうまく付き合えるでしょ」

「なによ。奥さんはこの人を愛していないの」

白蟻女が鼻息を荒くしてふたりの間に割って入った。

「わたしだったら、そんな冷たいことは言わないわ。たとえ相手が死んでも生涯思い続けるわ。それがこの人のためにしてあげられることでしょ。夫婦の間に愛はなかったの？　惰性と妥協の夫婦関係だったの？」

最後のせりふを言うとき、白蟻女が小馬鹿にするように眉をあげて目を細めた。

惰性と妥協の夫婦関係ですって。

ずいぶん難しい言葉を知っているのね。

あのころは、ひょっとしてそんな言葉が流行《はや》っていたかしら。

挑発したつもりのせりふなのだろうが、孫ほどの歳の娘さんを相手に怒る気にもなれなかった。ついつい諭《さと》す口調になってしまった。

「わたしはこの人が大好きだった。いまでも大好きよ。手の届かないところにいってしまったからといって、忘れることはできないわ。でも、毎日、毎日、この人のことだけを思って、涙にくれて生きてもいけないでしょ」

それが余生ですものと、若いあなたに言っても分かってもらえないでしょうね。

五十年近く、亭主に惚れて生きてきた。

これから何年生きるのか分からないけど、その年月を思い出にかえて余生を送っていけるに違いない。

「でもあと一日だけ、あしたのお見送りだけは、わたしにさせてもらってもいいでしょ。そのあとはあなたにお任せするから」

白蟻女がわなわなと震えた。

なにをそんなに怒っているのか不思議に感じた。

「わけの分からないことを言わないでよ。調子が狂っちゃうでしょ」

白蟻女が亭主に巻きつけていた腕を解《ほど》いて居住まいを正した。

それからおもむろに身構えなおして、幽霊らしく両手を胸のまえでだらりとさせた。

「コノウラミ、ハラサデオクモノカ」

なんなの、突然。

ずっこけそうになった。

いきなりお芝居を始めるつもりなの？

最初からそうしてくれていたらまだしも、いまさらそんなことされても困ってしまうじゃない。

それにちょっと筋違いだと思うけど。

「わたしに恨みがあるの？　それは納得できないわ。だって、生木を裂くように亭主とあなたを別れさせたわけじゃないでしょ。ふたりの間になにがあったか知らないけど、亭主があなたのもとから逃げ帰ったのよ。わたしがあなたに毒を盛ったわけでもないでしょ。あなた自身が、当てつけの服毒自殺をしたのよ」

それだけではないわ。

「あなたは自分の不始末の結果を知らないでしょ。居間に血をまき散らして……血だけじゃないわ。オシッコもウンコも垂れ流したのよ。畳を全部替えたのよ。襖《ふすま》も替えたわ。家具もね」

後始末を誰かに頼むことはできなかった。

亭主の恥を他人に晒すようで憚《はばか》られた。

畳や襖を替えるにしても、惨状をそのままにしてはおけなかった。

だから全部自分で始末した。

現場検証でしばらく放置された汚物は、新聞紙で拭き取れるものではなかった。仕方なく雑巾を使い、それでも足りなかったのでタオルを使い、しまいにはバスタオルまで何枚か駄目にした。

白蟻女がまき散らした汚物を拭き取りながら、なぜか涙を流していた。辛《つら》いとか、くやしいとか、情けないとか、ましてや亭主に対する憤《いきどお》りとか、そんな涙ではなかった。

「あんな若くてきれいな人がどうしてってって、あなたがかわいそうだと思ったわ。それでもわたしは恨まれるの？」

嘘《うそ》ではない。

あまりに急な出来事に動転はしていたが、心のどこかで、自分よりも十歳以上も若い娘さんが、思い詰めて毒を呷ったことに心を痛めた。それが涙の理由だった。

「おためごかしは言わないで」

唇を固く結んだ白蟻女に睨《にら》みつけられた。

「おためごかしだなんて……」

「いまさらなにを聞いても、わたしは赦《ゆる》さないわ。このまま静かな老後なんて絶対に送らせない」

「どういう意味なの？」

不安な気持ちで聞き返した。

どうやら幽霊に理屈は通らないようだった。

「思い出なんかに浸《ひた》らせないということよ。わたしには、栄一郎さんとの間に、たった三カ月の思い出しかないのよ。奥さんには五十年近い思い出があるんでしょ。不公平すぎるわよ。そんなの絶対に納得できない」

「そんな理不尽なことを言われても……。もしかして、これからわたしにとりつくとでも言うの」

怖いというより億劫《おっくう》に感じた。

静かに余生を送らせてほしかった。

「そんな甘いものじゃないわよ」

白蟻女が不敵な笑みを浮かべ、風船がしぼむようにその姿が薄暗い闇に消えた。

そして次の瞬間、目と鼻の先に現れた。

白蟻女の生暖かい息がかかって、それを後ろに仰《の》け反《ぞ》って逃れようとした。

でも、動けなかった。

金縛りにあっていた。

髪の毛一筋ほども身体が動かなかった。

「思い出をめちゃめちゃにしてやる」

白蟻女が押し殺した声で言った。

たくらみを愉《たの》しむような、乾いた笑いを含んだ声だった。

思い出をめちゃめちゃに……

白蟻女が、点描みたいに小さな粒子の塊になった。

金縛りにあったまま、驚きに開いた口から、鼻の穴や耳の穴からも、粒子になった白蟻女が流れ込んできた。

意識が奈落に落ちて行く。

遠ざかる意識の中で真っ白な景色が広がった。


身も凍る吹雪《ふぶき》の中を、背を丸くして二人の男女が歩いている。重たそうな荷物をそれぞれの片手に持って、もうひとつの手はしっかりと繋《つな》ぎ合って、慣れてなさそうな雪道に足をもつらせながら歩いている。ときおりオーバーコートのフードの隙間から、互いを励ますように目を見交わしているが、凍りついた強風に、励ましの言葉を声にすることもできないようだ。

小樽《おたる》だわ。

新婚旅行の記憶じゃないの。

「思い出をめちゃめちゃにしてやる」

吹雪の咆哮《ほうこう》に紛《まぎ》れて白蟻女の声が聞こえた。

どういう意味よ。

なにをするつもりなの。

新婚旅行には北海道を選んだ。

亭主はそのころ定番だった宮崎を考えていたようだが、我儘を言って札幌にしてもらった。

農家の嫁になれば生涯家庭と田畑を守って生きていく。

もう旅行することなどないかもしれない。

なんの疑問もなく、あたりまえにそう考える時代だった。

せめて新婚旅行くらい自分の望みを聞いてもらえないだろうかと、勇気を振り絞って頼み込んだ。

「どうして札幌なんだ」

そう訊《たず》ねる亭主の口調は、少しも詰問するふうではなく、すでに許してくれている気配があった。

「雪まつりが見たいの」

「雪まつり？」

「大きな雪の像をいくつも作るのよ」

「雪の像？　雪だるまみたいなものか？」

「雪だるまじゃないわ。お城とか童話の物語の主人公とか。十メートルも二十メートルもある大きなものを、雪だけで作るの」

乏しい知識をフル動員し、見たこともない雪まつりがどれだけすごいか、想像もずいぶん交えて力説した。亭主はその一言一言に「うん、うん、うん」と頷いた。

雪まつりとは別に、もうひとつ心を惹《ひ》かれたものがあった。むしろそっちが本命だったような気がするが、それを男性で農家の亭主に説明するのは難しかった。

女子高校では英文学が好きだった。

テキストに描かれた外国に対する憧れがあった。

雪まつりに合わせて紹介される、時計台や修道院の異国情緒を漂わせる佇《たたず》まいが、その憧れに小さな火をつけた。

太平洋戦争が終わって未だ間がなかった。

観光目的の海外旅行はまだ解禁されていなかった。外国に行くことなど思いもよらない時代だった。

「いいんじゃないか。どうせこの時期、宮崎に行っても寒いだろう。だったら寒いついでに北海道も悪くはないな」

亭主は少女じみた願いを快く受け入れてくれた。やっぱりこの人は他の男の人とは違うと、心が温かくなった。

申し込みが遅かったので札幌の宿は手配できなかった。ようやくホテルの空きが見つかったのが小樽だった。そこから毎日、札幌の大通公園に汽車で通った。

三日の滞在のうちの最初の二日は吹雪にたたられてしまった。

「ごめんなさい。やっぱり宮崎にすればよかったわね」

申し訳なくて何度も何度も亭主に詫《わ》びた。

そのたびに亭主は、

「こんな体験、二度は勘弁してほしいが、一度くらいしておきたいさ」と、慰めてくれた。

やさしい人と一緒になれてよかった。

幼なじみで気心の知れた仲ではあったが、二人っきりの旅行で、そのやさしさに包まれているという感情が湧いた。

男と女という間柄で亭主のことを意識した。

背を丸め、身を寄せ合って辿《たど》り着《つ》いたホテルは、レンガ造りの瀟洒《しょうしゃ》な建物だった。

空気がぬるくてやわらかかった。

ぬるいという言いようは変かもしれないけれど、その言葉がしっくりと感じられた。暖かいというより、ぬるかった。

北海道に着いてから、駅舎も汽車の中も、昼食をとった食堂も、どこもかしこものぼせるほど熱かった。暑いのではなく熱かった。

だからホテルの空気が、ぬるくてやわらかかったことにほっとさせられた。頬がへらへらと弛緩《しかん》するような笑顔を見交わした。

こぢんまりとしたロビーに設《しつら》えられたペチカの炎。薪《まき》が爆《は》ぜながら燃えるこうばしい香り。

それだけでうっとりとした。

まるで外国のホテルに来たようだと、言葉には出さなかったが、連れてきてくれた亭主に感謝した。

それから二人で投宿の手続きをした。

飾り気のないフロントカウンターは、年代を経た重厚さを漂わせていた。その向こうで、背筋を伸ばした受付の人と目が合って、すごく緊張した。

そんなにきちんと背筋をまっすぐにした人を、それまで一度も見たことがなかった。

「こちらにご署名をお願いします」

差し出された用紙に、アルファベットが並んでいた。

よくよく見ると日本語も書かれていたので胸を撫で下ろした。

緊張も戸惑いも安心も、お互いの目を見るまでもなく、亭主が同じことを感じていると分かった。

ボーイさんに荷物を運んでもらって、案内された部屋はとても広くて天井が高く、なにからなにまで洋風だった。

部屋の真ん中に置かれた大きなベッドに驚かされた。まだ寝る時間ではないのに、寝具がそこにあるのがとても不自然に思えた。

「こちらがバスルームになります。赤い印の蛇口を捻《ひね》るとお湯が出ます。青い印の蛇口は水です。温度はお客様で調整してください」

ボーイさんが説明してくれた。

お風呂は大きかったが、信じられないくらい浅かった。寝そべって湯につかる自分の姿を想像して動揺した。

丸見えになっちゃうわ。

誰に見られるわけではないが、顔が赤くなった。

「外国映画みたいですね」

婚礼の席以来、緊張したときはなぜか敬語になっていた。ベッドといい、お風呂といい、どちらかといえば秘めごとを連想させるものが、ずいぶんあからさまに扱われていることに、そのときもかなり緊張していた。

「そうだな。こんなの初めてだ」

亭主は言葉遣いこそ変わっていなかったが、やはり物言いが硬かった。広い部屋の片隅にひっついているのが気恥ずかしくなった。

「少し部屋が暗いですね」

わざとらしく呟いて亭主の傍を離れ、大きな窓にかかっていたレースのカーテンを開けた。

窓の外の景色は吹雪の向こうにかすんでいた。

「とうとう、こんなところまで逃げてきてしまったのね」

カーテンに手をかけたまま振り返ったのは白蟻女だった。わたしはそれを天井から見下ろしている。照明の陰に隠れた蜘蛛《くも》のようだ。

「最果《さいは》ての地だわ」

白蟻女がうっとりした顔で言う。

「でもわたしはあなたと一緒だったらどこでも平気よ」

そうなの。

そういうことなの。

思い出をめちゃめちゃにしてやるということの意味が、おぼろげに理解できた。でも怖くはなかった。むしろ滑稽に感じた。

最果ての地だなんて言ったら、小樽の人たちに怒られるわよと、白蟻女に注意してあげたかった。

亭主がテレビのチャンネルをガチャガチャと回していた。

思い出したわ。

あなたは部屋にテレビが備え付けられていたことに、すごく喜んだのよね。チャンネルを独占できることに、子供のように興奮していたわ。

まだご近所でテレビを持つ家はほとんどなかった。

テレビは電気屋さんの店先か、散髪屋さんかお風呂屋さんで見るもので、さっぽろ雪まつりのことを知ったのも、番台の上に置かれたテレビのニュースだった。

どの家にも内風呂はあったが、週に一、二度はお風呂屋さんに通うのがあのころの習慣だった。番台の上にテレビが置かれてからは、お風呂に通う回数が増えて、お風呂上がりに脱衣所でくつろぐ時間が長くなった。

「わたしたちがいなくなって、みんな大騒ぎしているでしょうね。でもここまでは誰も追って来られないわ」

いったん開けたカーテンを閉めて、白蟻女が亭主に歩み寄る。チャンネルをいじっている亭主の腰に腕をまわして、脇腹に顔をうずめる。

「もしも誰かが追ってきたら、もう逃げ場はないのね。そのときは、ふたりで最果ての岬から身を投げましょう。海流がわたしたちを氷の海まで運んでくれるの。そしてふたりは氷に閉ざされたまま永遠に漂い続けるのよ」

やっとのことでチャンネルを決めた亭主がベッドに腰を落ち着けた。白蟻女が亭主にしがみついたまま、お尻を突き出したちょっと不格好な様子でそれに従う。

「土産はなんにしよう」

「ふたりは変わらない姿のまま氷の海を漂い続けるの」

会話が嚙《か》み合っていないんじゃない？

「帰りも長旅になるからかさばらないものがいいな。といっても北海道まで来て饅頭《まんじゅう》もないか。さっき駅の売店で干物を売っていたけどあれはどうだ」

あれはだめ。

駅の売店で売っていたのはコマイの干物だった。氷下魚《こまい》といういかにも北海道らしい名前に惹かれてお土産に選んでしまったのだ。

コマイの干物は鯵《あじ》や鰯《いわし》の干物しか知らない身内に、硬い硬いとかなり不評だった。近所の人は「珍しいものを」と喜んでくれたが、「美味《おい》しかった」とは言わなかったので、やっぱり不評だったのだろう。

「タンス屋のご主人、歯が欠けたらしいわよ」

八百屋の奥さんが郵便屋さんと話しているのを耳にして、慌てて電信柱の陰に隠れたこともあった。細くちぎって食べるのだと知ったのはずいぶん後になってからのことだった。

「それにしても畳の部屋が空いていなかったのは困りものだな」

そのホテルには二室だけ畳の間があったが、それは早々と予約でふさがっていた。

「ベッドで寝るのは初めてだからな。なんかふわふわして、こんなもんでちゃんと眠れるのかなぁ」

座ったままの恰好で、ベッドに両手をついた亭主がお尻をバウンドさせた。

予期せぬ動きに、危うく振り落とされそうになった白蟻女が、亭主の腹にしがみついた手に力を入れる。それでも健気《けなげ》に思い出を作り変えようとしている。

「あなたはわたしだけのもの。そしてわたしはあなただけのものよ」

潤んだ目で誘うように亭主を見上げる。

ひょっとして。このままだと……

この先の出来事を思い出して頭に血が上った。

「あれ」があるのだ。

ああして、こうして、ああされるのだ。

さすがに心穏やかではいられなかった。

「だいたいこんな腰が決まらないところでちゃんとできるのかよ」

ちょっと不良っぽく亭主が言った。

やっぱりそっちにいくのね。

女が処女で嫁入りするのはあたりまえで、男の人が町場で経験しているのもあたりまえだった。二日前の祝言の夜には亭主が酔いつぶれ、昨夜は夜行列車の寝台で上下に分かれて夜を過ごした。だから今夜が初夜になる。

「試してみてもいいかなぁ」

さりげなさを装ったようだが、亭主の言葉は喉に引っ掛かって裏返った。驚いて顔を見上げると、首筋まで真っ赤にしてあらぬ方向に目を向けていたっけ。

まだ夕方にもならないのに。

こんな明るい時間から交わるなんて。

今思い出しても顔が熱くなる。

枕元で杯を交わし、行く末を契《ちぎ》ってお床入りする。

そんな厳粛な初夜の期待が裏切られることに、それでもいやだとは言えなかった。

自分自身も「今」を望んでいることに、亭主に負けないくらい赤くなった。鏡で見たわけではないけど、赤くなっていたに違いない。

応えずに俯いていたら震える手がぎこちなく肩に置かれた。

息苦しくて、動悸《どうき》が激しくて、胸が膨らませすぎた風船みたいに張り裂けそうだった。

亭主がなにか言ったが、言葉になっていなかった。それとも心臓の音が大きすぎて聞こえなかったのかもしれない。でもなにを言いたいのかは分かった。それ以上ないほど身を硬くしながら頷いた。

「本当にかまわないのか」

確認の言葉はちゃんと聞こえた。

やさしく言ってくれる亭主になにか答えなくてはと思ったが、言葉が見つからなかった。もう頷くことさえできなかった。固く目を閉じて、押されるままに身を横たえた。

「嬉しい。わたしはあなたのものなのよ。好きなときに好きなようにしてちょうだい」

白蟻女が悦《よろこ》びの声を上げる。

ちょっと待って！

そんなはしたないことは言っていませんからね。

思い出をめちゃめちゃにするってそういうことなの？

顎の下で拳を握りしめ、硬直させた白蟻女の両手の手首を亭主が握る。ゆっくりと気遣いながら腕が開かれる。頬に唇が触れる。それが首筋に移る。

白蟻女が小さな喘《あえ》ぎ声を漏らし、顔をそむけてシーツを摑《つか》む。

亭主が服を剝《は》いでいく。

そう、たぶんこんな感じだった。

わけも分からないまま、気がつけば生まれたままの姿にされていたのだ。

ちょっと待って！

あのときはなんの疑問も感じなかったけど。

そんな余裕があるはずもなかったけど。

一緒になるまえに相手にしたことがあるのは、そういうお商売の女性だけだったはずでしょ。そしてその関係の女の人は自分で服を脱ぐのじゃないかしら。

どうして亭主はこんなに服を脱がすのが巧みだったのだろう。それほど器用でもないのに、自然な動きでセーターを脱がせ、スカートを下ろし、親指と中指と薬指を使って、瞬《また》く間にブラウスの小さなボタンを上から下まで外してしまった。

その作業を、ほとんど首筋に唇を這《は》わせたまま瞬く間にやってのけたのだ。

そんな技術をどこで身につけたの？

一度や二度の経験で身につく技術とは思えない。

お商売の女の人を相手にするのは仕方がないけど、そうでない人と、結婚前に体の関係があったのだったら大問題じゃないの。だってそれは、わたしたち二人の結婚が、他の誰かを不幸にしたかもしれないということだもの。

いいえ、そんな問題じゃないわ。わたしたちは、結婚前から付き合っていたのだから、要するにそれは浮気ということじゃないの。

「栄一郎さん」

思わず詰問の声をあげた。

いきなり景色が揺れて、ものすごい嘔吐《おうと》感に襲われた。

喉を大きく波打たせ吐き出したのは白蟻女だった。

胸が苦しくて肩で息をした。

でもそんなことより、あまりに簡単に白蟻女の呪縛が解かれたことに驚いた。「あれっ」という感じだった。

気を取り直して、吐き気の余韻にむかつく胸を押さえながら幽霊の亭主を睨んだ。

「わたしと一緒になるまえに誰かと付き合っていたの？」

亭主が露骨に動揺した。

「みっちゃん？　たけちゃん？　それとも隣の若奥さん？」

でたらめに思いつく名前をあげてみた。そのどれにも亭主は激しく首を振って否定した。納得できなくて詰め寄ろうとしたら、白蟻女に行く手を阻まれた。

「ちょっと奥さん」

顔がすごく怒っていた。

「これからというところだったのに」

女の情念なのだろうか、それとも幽霊だからあたりまえなのか、目を剝いた形相は尋常でないほど怖かった。いまさらながら背筋が寒くなった。

「そんなつもりじゃ」

一瞬たじろいだ隙をつかれて、粒子になった白蟻女がまた身体に流れ込んできた。

ベッドの上で二人は全裸になっていた。

仰向《あおむ》けになって膝を立てた白蟻女の大切なところに、手を添えた亭主のものが入ろうとする瞬間だった。

しかし亭主の動きはビデオの一時停止のように止まったままだ。

「奥さん」

亭主に組み敷かれた白蟻女が、天井に目線を向け、眉間にしわを寄せて口を尖らせる。

「前戯が飛んじゃったじゃないですか」

どうしてそんなことを叱られなくてはいけないのだろう。

納得できなかったが、確かに悪いことをしたように思えて、心の中でぺこりと頭を下げた。

白蟻女がため息をついて、それを合図に亭主が動き始める。

「最初は痛いけどな、我慢するんだぞ」

「いいわ。どんなに痛くても我慢できるわ。わたしをめちゃめちゃにしてちょうだい」

またそんなはしたないことを……

初めてなのよ。

そんなことは絶対口にしていませんからね。

「ほら、先っぽが入ったぞ。痛くないか」

痛いなんてものじゃなかった。

期待していた喜びとか恥じらいとか、一切合切が吹き飛んだ。体が引き裂かれる激痛に頭が空っぽになった。

「ああ、あなたがわたしのなかに……もっと奥まで……」

白蟻女が喘ぎ声を漏らす。

なんてこと言うのよ、処女なのよ。

「我慢だ。我慢して体の力を抜くんだ」

そう言われても、痛みに硬直した体の力を抜けるはずがなかった。両手を亭主の肩に突っ張って力なく抗《あらが》った。

「ああ、嬉しい。もっとたくさんちょうだい」

「ゆっくりと入れるからな」

亭主の言葉にまだ全部入っていないのだと知ってびっくりした。

「いや、焦《じ》らさないで。もっといっぱいちょうだい」

だから朱美さん！

処女はそんなことは言わないの。

思い出をめちゃめちゃにするというより、あなたの言っていることがめちゃめちゃだわ。

先ほどからの嚙み合わない会話といい、白蟻女の声が亭主に届いていないのは明らかだ。処女で迎えた新妻がこんなせりふを吐いたら、どんな男の人だって固まってしまうに違いない。

「いいか。動かすぞ。ゆっくり動かすからな。我慢できなかったら言ってくれ」

亭主はそう言ってくれたが、痛みに息が詰まって言葉なんか出なかった。

「もっと……もっと……もっと……」

嚙み合わない会話のまま、白蟻女と亭主の行為は次第に高みへと昇っていった。

ふたりの行為から目を背けると、脈絡もなく、破瓜《はか》の血に汚れたシーツをお風呂で洗ったことが思い出された。

最初はその部分だけ摘《つ》まんでお湯につけたのだが、それはそれで行為を気取《けど》られるような思いにとらわれ、ついにはシーツ全部を湯船につけてごしごしと揉《も》み洗《あら》いした。おかげでその夜はシーツのないベッドで眠る羽目になってしまった。

数年後には、ご近所の若い奥さんたちとの間の秘めた笑い話になった出来事だ。

「もう、だめっ」

白蟻女のあられもない絶叫に引き戻された。

ふたりの行為はまだ続いている。

亭主の息が荒くなり、遠慮会釈なく腰が打ちつけられる。ときおり思い出したように激しく口を吸い、また身体を仰け反らせて挿入の深さを求める。白蟻女が目を固く閉じてその責めを全身で受け止めている。

いやだ。

どうしましょう。

変な気持ちになってきたじゃないの。

あちらの方は二十年近くご無沙汰だった。五十を過ぎるころからとんとお情けを頂いていなかった。

うらやましい。

ちょっと代わってもらえないかしら。

そう思ったとたん下半身に疼痛《とうつう》を覚えた。息を荒くした亭主の顔が目前にあった。

忘れていた快感が総身に充《み》ちた。

ああ、これだわ、これよ。

まさかこの歳になって、それも亭主を亡くした後に、こんな経験ができるなんて。

若いときのように。

いいえ違う。

いままで亭主に抱かれたどんなときよりも。

すごい！

たちまち昇りつめ、絶頂の短い叫びとともにまたあの激しい嘔吐に襲われた。


通夜の部屋に戻っていた。

荒くなった息を整えようと、鼻を膨らませ大きく吸って大きく吐いた。両手が恥ずかしい場所に添えられていた。

「あら、いやだわ」

慌てて腕ごと胸のところで折りたたむと、乳房が汗ばんで重たくなっているのが寝間着の上からでもはっきりと分かった。

勢いよく吐き出した白蟻女が、横座りの姿勢のままで、呆気《あっけ》に取られたようにこっちを見ていた。

「ごめんなさい」

思わず目をそらせて、かすれた声で詫びた。

詫びる筋合いではないと思ったが、恥ずかしい気持ちがその言葉を言わせた。

「別にかまわないんですけどね」

不貞腐《ふてくさ》れた白蟻女が、乱れた白装束を整えながらのろのろと体を起こして座り直した。

「ほんとうにごめんなさいね。この次はお邪魔しないから、どうぞ気が済むまでおやりになってちょうだい」

おやりになってちょうだいですって。

なんてはしたない言いようなんでしょ。

でも他にどう言えばいいのよ。

お楽しみになってちょうだい、とでも言えばいいの？

まさか。とんでもない。

この手のことは、丁寧に言えば言うほど、よけいに恥ずかしく聞こえる気がした。

「もう、いいんです」

白蟻女がむくれて、三歳の子供がするみたいに、わざとらしく頬を大きく膨らませた。

「そんなに怒らないでよ。久しぶりだったんだから」

上目づかいでへつらった。

どうしてへつらわなくちゃいけないのという気持ちもあったが、下半身が情事の余韻に疼《うず》いていて、それが恥ずかしいやら、申し訳ないやら……

「違うの。ふりはしていたけど、ぜんぜん気持ち良くなかったの」

不貞腐れたままの顔で白蟻女が言った。

「まぁ」

右手の指をそろえて唇を押さえた。

それでむくれているのね。

そりゃあ、むくれるわよね。

「誤解しないでね。生きているときはちゃんと感じていたのよ」

白蟻女が弁解するように言うので、

「そりゃそうでしょうね。ちゃんと感じていたわよね」と、大袈裟《おおげさ》に同意した。

疑う気持ちはなかった。

それがなければ、いくら惚れたの腫れたのと騒いでみても、命がけの恋にはならないわよね。

「奥さん、今、いったでしょ」

「えっ？」

窺《うかが》うような目の、白蟻女がなにを言いたいのか分からなかった。

「だから、絶頂っていうのかなぁ……」

ああ、そういうことね。

「ええ、まぁ」

「それってどんな感じなの」

「どんな感じって言われても」

「わたしはいったことがないの。もう少しでそうなるのかな、という予感はあったんだけど、そこまでの経験を積むまえに死んじゃったから」

「そうなの。でも仕方がないわよ。まだ十七歳だったんでしょ」

自分のことを考えてみた。

一緒になってから何年間かは、快感はあったけど、絶頂を経験するまでには至らなかった。

それは三十半ばでいきなりやってきた。

「だから今夜こそと思っていた。でも感じることもできなかった」

白蟻女は心底くやしそうだった。

くやしいのは分かるけど。

こんな女どうしの会話を交わす仲なのかしら？

疑問に思ったが、そのことには触れなかった。でもまったく感じなかったという言葉には、心から同情した。

「どうしてだめだったのかしら」

「霊魂だけではだめみたい。やっぱり肉体がいるのよ」

そうなの？

女は灰になるまでっていうけど、灰になったらさすがに終わりなのね。

でも、モッタイナイ。

「だったら……」

これからも代わってもらっていいかしら、と言いかけて慌てて口を噤《つぐ》んだ。

「だったら？」

白蟻女は聞き逃さなかった。

「いえ、なんでもないわ」

「奥さん、ひょっとして」

「もう、いやだ、朱美さんたら。なんでもないのよ」

恥ずかしさに両手で顔を覆って固く目を閉じた。

白蟻女が体に入ってくる感触があって、閉じた目の奥の景色が黄金色に染まった。

空が高い。

風が流れて、頭《こうべ》を垂れた稲穂の波がゆったりと揺れている。

冬に嫁いで最初の春を迎えた。まだ娘だったころのように、桜のつぼみの膨らみに、目をやる暇などなかった。

苗代《なえしろ》づくりを手始めに田植えや草取りやウンカの駆除。

両親とも教師の家に生まれ育ち、それまで田圃《たんぼ》仕事など一度もしたことがなかった身に、楽な作業はどれひとつとしてなかった。顔や手をまっくろに日に焼いて、ようやく迎えた秋だった。

「なんだか、涙が出そう」

毎日見てきた景色だったが、刈り入れとなるとまた違って見えた。

「おまえとおれで育てた稲だ」

亭主が満足そうに胸を張った。

田圃はたくさん持っていた。義父と義母も農家だった。他にも勤め人の親戚が、休みの日に手伝ってくれたりしていたが、この田だけは、亭主とふたりで世話をしたという思いがあった。刈り入れのときになって、それが亭主の思いやりだったと分かった。

ふたりだけで育てた稲なんだ。

ほんとうに涙がこぼれた。


「わたしたちついにやったのね。森を切り開いて、根を起こして、石を拾って、不毛の地を実りの地に変えたのね」

また白蟻女。亭主の隣に寄り添っている。

その二人を斜め上から見下ろしている。さっきは天井の蜘蛛だったけど、今度は田圃のうえに浮かぶ赤トンボの群れに交じり込んでいるみたいだ。

それにしても、
森を切り開いて？

根を起こして？

石を？

不毛の地ですって？

あのままなのね。まだあなたは、最果ての地にいるのね。でも今度こそ無理があるんじゃないかしら。

「おまえ用に農協で買ってきた」

畦《あぜ》に置いた背負《しょ》い籠《かご》から亭主が取り出したのは、真新しい稲刈り鎌だった。汚れひとつついていない鎌が、手のひらにしっくりと収まって、身体の芯に心地よい硬さを覚えた記憶がある。

白蟻女が刃に巻かれた油紙を取って鎌を秋の空に透かす。

そう、そんなこともしたっけ。

「手本を見せてやるから、よく見ておけ」

亭主が田圃に足を踏み入れ両足を開いて腰を決める。稲の株元の少し上を鷲摑《わしづか》みにして鎌をザクっと通す。

ザクザクザクと軽快に刈り進み、腰につるした稲藁《いなわら》を抜きとりクルリと巻いて束にしてポンと脇に投げる。

あまりの格好の良さにしびれてしまったわね。あらためて見てもやっぱり格好良い。

ザクザクザク、クルリ、ポン。

ザクザクザク、クルリ、ポン。

数回繰り返し亭主が腰を伸ばして振り向く。

「やってみろ」

亭主の真似《まね》をして白蟻女が腰を落とす。稲の根元を左手で摑んで刈り取ろうとする。難儀している。

分かるわ。

鎌が稲束に撥《は》ね返されて止まってしまったのよね。手首の筋に痛みが走ったでしょ。いや幽霊だから痛みはないのかしら。

「力を入れすぎだ。もっと軽く引いてみろ」

亭主が傍に来て稲刈りをする格好で真横に並ぶ。

「こう、左手で握って、そんなに強く握りしめなくてもいい。軽く束をまとめる感じでいいんだ」

白蟻女が言われたとおりにする。

「刃の根元を当ててこの角度で鎌を入れる。もう少し上向きに」

亭主の鎌の角度を見ながら稲束に刃を当てる。

「ゆっくり引いてみろ。まだ切るんじゃないぞ。張りを感じるだろ。その張りを感じながらすっと斜め後ろに滑らすんだ」

ザクっと軽快な音がして稲の束が白蟻女の手に落ちる。

「これでどう？」

誇らしげに白蟻女が顔を上げる。

「それでいい」

亭主が微笑みで応える。

「先生んちの娘に田圃仕事ができるかと心配していたが、この刈り取りで一年が終わる。よく頑張ったな。おまえは立派に農家の嫁になった。無理をすることはない。休み休みしているうちに、コツは体が覚えてくれる」

「大丈夫よ。わたしのことを水商売の女だと思って侮《あなど》らないで。根性がなければ水商売は務まらないわ。根性があればなんでもできるのよ。それがあなたのためならなおさらよ。わたしは死ぬことだって平気よ」

稲刈りで、生き死にまで言うことはないんじゃないかしら。

ただし比喩としては悪くはないかもしれないわね。同じ腰を屈《かが》める作業でも、稲刈りは田植えや草取りに比べて数倍辛かった。

亭主のペースについていこうとしたのがそもそもの間違いで、瞬く間に置いてきぼりにされてしまった。やっぱり自分が役立たずのように思えて少し悲しくなった。焦ると鎌が稲束に搦《から》め捕られ手首と腰に負担がかかった。

「日が暮れるまでにこの田圃を終わらせよう。小一時間もすれば近所のもんが助太刀《すけだち》に来てくれるからな。自分のペースでやればいいんだ」

一筋刈り終えた亭主が、白蟻女に声をかける。

思い出したわ。刈り取りも二人だけでやりたいとまえの晩に言ったのよね。ここまで二人でやってきたのだから、最後の最後まで二人だけでやりたい、と。

「それは考え違いだ」

聞くなり亭主が怖い顔をした。

「よく思い出してみろ。田植えだって近所の人に手伝ってもらったじゃないか。その代わり近所の人の田植えも手伝っただろ。水の分配もみんなで相談して決めた。そういうものなんだ。おれたちは遊びでやっているんじゃない。農業をやっているんだ」

それまでの自分の勘違いを叱られた。叱られて切なくなるほど嬉しくなった。もっとそんなふうに叱ってもらいたいと思った。

それでもご近所の人にもたつく姿を見せたくなくて、集合の時間より早めに田圃に出たいと申し出た。黙って頷いて、亭主はいつもより二時間も早く起きてくれた。

「まかせておいて。近所の手伝いなんて要らないわ」

白蟻女がとんでもない速さで稲を刈り始める。

亭主よりもまだ速い。

一度も手を止めないで、田圃の端まで行くと腰も伸ばさずに折り返す。呆気に取られるほどの速さだ。

肉体がないことと関係しているのかしら？

腰が辛いとか手首が痛いということはないのかしら？

疲れも感じないのかもしれないわね。

亭主がひと筋も刈り終わらないうちに、三往復してやっと白蟻女が腰を伸ばす。

「どうよ。わたしは役に立つでしょ」

やわらかい秋の日差しを受けて、滴《したた》る汗を拭いもせずに、白蟻女が挑むような、それでいて幸せにはち切れんばかりの笑顔で言う。

残念なことに、白蟻女が腰を伸ばして振り向いた途端、刈り込んだはずの田圃はもとのとおりに、厳密に言えば、わたしが慣れない手つきでようやく刈り込んだほどに戻っている。

その言葉に亭主は反応しない。稲刈りを続けている。

もともとの記憶の光景がそうなっているのだから仕方がないのだが、白蟻女はそれを少しも気にするようでなく、また腰を屈めてもくもくと稲を刈り始める。その顔が輝いている。

分かるわ。

あの人の役に立てることが嬉しくて仕方がないのね。

一緒だった。

それにもうひとつ、意地があったのよね。

農家に嫁ぐことを、周囲がもろ手を挙げて賛成してくれたわけではない。むしろ近しい人たちほどあからさまに反対した。

両親とも教師の家に育ち、女子高校まで出してもらっていながら、どうして要らない苦労をしなくてはならないのだ。できれば公務員、悪くても勤め人を選ぶべきだろうと異口同音に責められた。

忠告などというなまやさしいものではなかった。まさしく責められた。自分たちの身内に農家が加わることなど許せないという気持ちが露骨に見えた。

好きな人のためなら、むしろ一緒に苦労をしてみたい。そんなことを女が口にできる時代ではなかった。女は家に嫁ぐものだとみんなあたりまえのように考えていた。

農家に嫁ぐのではありません。あの人のもとに嫁ぐのです。

分からぬように下唇の裏を痕《あと》が残るほど嚙みしめて、心の中で反論しながら、親戚連中の責めに耐えた。

親同士も知り合いで、地元に住んでいる親戚も、亭主の家と近所付き合いをしていた。分け隔てなく付き合うのが当時の当然だったのに、いざ結婚となると手のひらを返した。だからどんなに田圃仕事がきつくても、音《ね》を上げるつもりはなかった。辛いだなんて思うことさえ、自分に許さないと覚悟していた。

でも辛くなかった。早くに起きて、日が暮れるまで亭主と一緒に働いて、あしたの天気を案じながら床につく毎日が満ち足りていた。

結婚した後も、諦めの悪い親戚の何人かは、農家に嫁いだ娘の後悔を探るような目を向けたっけ。

「ずいぶん日に焼けたわね」

「手がごわごわじゃない」

「足も太くなったんじゃないの」

なにかの折に顔を合わすと、そんな言葉が容赦なくかけられた。

「爪もまっくろよ。ちゃんと洗った方がいいわよ」

唇に手の先を当てて、不潔なものを見るような目で指摘されたりもした。

ちゃんと洗っていないわけではなかった。毎日土に触れていると、土の色に爪が染まるのだ。亭主も義父も義母も、近所で農家を営んでいる人も、土色が染み込んだ爪をしていた。

「わたしは後悔していません。好きな人と一緒ですから」

なにかを言われるたびに、そんなせりふをのみ込んだ。

どくんと心臓が動いた。

なんなの、この感触は？

なにかが重なる感覚だった。

そう思った途端に、白蟻女の気持ちが体じゅうに流れ込んできた。重なったのは白蟻女の気持ちだった。

そうだったんだ。

あなたも一緒だったのね。

白蟻女もこの人と一緒になりたかっただけなんだ。キャバレーのホステスだからと、自分のことを諦めたくなかったのだ。

あなたにはあなたなりの意地があったのね。

だからあなたは亭主との恋にあれほど一途《いちず》になったのね。

白蟻女に共感し、同情する気持ちがふつふつと湧いてきて戸惑った。

同情するなんて……

心を操られているのかしら？

疑ったが、どうやらそうではなかった。

親戚の反対どころではないだろう。キャバレー勤めのホステスさんとの結婚なんて、身内どころか、世間そのものが許さない時代だった。いちど水商売に身を沈めた女性が、まともに所帯を持つなんて考えられない世の中だった。

身を沈める。

なんて馬鹿馬鹿しい言いざまなんでしょ。

同じ水商売で生きる相手を選ぶか、誰かの愛人におさまって日陰の身で暮らすか、そんな選択しかなかったのよね。

心の中で白蟻女に語りかけていた。

信じられないでしょうけど、今ではニューハーフの人も堂々と人前に出てものを言える時代になったのよ。人にはそれぞれ止むに止まれぬ事情があって、それがその人の値打ちとは別のことなのだと、どうしてあのころは理解できなかったのだろう。

いいえ、そんな深刻なことでさえないわ。

どこかのテレビ番組でやっていたアンケート調査を思い出した。女子大生が憧れる職業の第何位かがキャバクラ嬢だった。さすがにその感覚にはついていけないものがあったけど。

畦道に籠を担いだ集団が現れた。稲刈りの手伝いをしてくれるご近所の人たちだった。翌日にはまたそのうちの誰かの田圃をみんなでお手伝いするのだ。

「恵子《けいこ》さん、おにぎりいっぱい作ってきたわよ」

集団のいちばん若い女の人が風呂敷包みをさし上げる。

隣の家の奥さんだ。

手伝いの人に気を遣ってお弁当に凝らないよう、手伝ってもらう側の奥さんではなく、手伝う側の農家のお嫁さんが、みんなのお昼を用意するのが集落の申し合わせだったわね。

「おお、たいしたもんだ。恵子もりっぱな農家の嫁じゃないか」

「恵子ちゃん、あんまり張り切りすぎると腰を痛めるぞ。最初は、ゆっくりやればいいんだって」

「恵子さん」

「恵子ちゃん」

誰かがなにかを言うたびに、古いテレビの画面みたいに、あたりの景色が歪《ゆが》んで揺れた。それは白蟻女の動揺だった。みんなが口にする名前は、白蟻女の名前ではなかった。だってここは最果ての地ではないんですもの。

思い出の記憶はあなたのものではないんですもの。

それでも白蟻女は、気丈にみんなに笑顔を振りまいて「お世話様です」とか「大丈夫ですよ」とかいちいち頭を下げて笑顔を見せる。

そしてまたもくもくと稲を刈る。

怒ったような泣き笑いの表情で稲を刈り続ける。

自分に怒っているのかしら。

それとも自分の境遇に怒っているのかしら。

そのどっちだとも思いたくなかった。

それじゃあなたが可哀《かわい》そうすぎるもの。あなたはたぶんもっと大きな、もっと理不尽なものに怒っているのよね。

たとえば神様とか。

「水筒を取ってくれないか」

亭主が白蟻女に声をかける。そして「恵子」と名を呼んだ。とたんに景色がどうしようもないほど乱れて、真っ暗になった。

嘔吐の余韻に喉を波打たせながら、上目遣いで白蟻女に目をやった。吐き出されたばかりの白蟻女は、布団に暗い目を落としてその目に涙をためていた。それが悔し涙だというのは聞くまでもなかった。

可哀そう……

なんて憐《あわ》れな姿なの。

たまらなく胸が締め付けられた。さっき重なった白蟻女の気持ちの残滓《ざんし》が、まだ身体のどこかに残っていた。

「もう止めましょう。わたしの記憶のほとんどはあの村のことよ。あなたには辛いこともたくさんあると思うの」

白蟻女は俯いたまましばらく黙って、それから小さく首を横に振った。止めようという意味なのか、続けたいという意味なのか分からなかった。

「このまま記憶をたどれば、あなたが記憶の中に現れるのよ」

それを考えるとよけいに止めた方がいいと思われた。

あなたはあなた自身の断末魔の姿をみることになるのよ。

考えようによっては、それは白蟻女にとって未だましな記憶かもしれない。

その後であなたは風化していくの。

あの朝の出来事は、忘れようにも忘れられない記憶だけど、それでも日々の暮らしの中で色を失ってしまうのは仕方がなかった。

だんだんに色を失いながら、四十年近くも置き去りにされてしまうのよ。それこそほんとうに残酷なことじゃないかしら。

「もう十分でしょ。それにあなたにはわたしの思い出を変える力はないみたいだし。こんなことをしてどうなるのよ」

白蟻女の二の腕に伸ばした手が、その身体をすり抜けて宙に浮いてしまった。気まずい思いでその手を自分の膝に置いた。

「奥さん」

白蟻女が思い詰めたような視線を向けた。

「どうしてわたしはここにいるんでしょう」

意外な問いかけだった。

どうしてって？

恨んで化けて出たんじゃないの？

「四十年近くも待たされたのだから、あと一日か、二日、それとも四十九日が過ぎるまでか、そのあたりの決めごとはよく分からないんですけど、あの世のどこかで、この人を待てばよかったんですよね。それなのにどうしてわたしはここにいるんですか。それがわたしには分からないんです」

そうだったの。

自分の意思でここにいるんじゃなかったのね。

「どうしてここにいるのか分からないまま、ぼんやりしていたら、眠っている奥さんの夢が見えてきて……。それで堪《たま》らなくなったんです。わたしには思い出がないんです」

縋《すが》るような表情の白蟻女の一言一言が心に刺さった。答えてあげられない自分が悔しかった。文字通り白蟻女は迷っていた。

「思い出がないだなんて、そんなことはないでしょ。あなたにも思い出はあるはずよ。この人と過ごした三カ月の思い出があるんでしょ。それで十分じゃないかしら。その思い出を大切にして、この人とそっちで暮らしていけばいいじゃないの。じきにわたしもそっちに行くわ。そのときは、わたしの思い出も語ってあげる。そうやって三人で、いいえあなたとわたしの二人で、この人を困らせて楽しみましょうよ」

手をついて上半身を捻って亭主に目を向けた。困った顔をしているだろうという予測が外れ、亭主は白蟻女と同じように深く項垂《うなだ》れていた。

慰めたつもりの言葉が空虚に思えた。まだこの世にいる自分の言葉が、亡霊になった二人の気持ちには届いていなかった。

「この時間が過ぎたら、もう終わりなんでしょうか。あの世でこの人と暮らすなんてとんでもない高望みで、わたしがまだあの世とこの世の境に彷徨《さまよ》っていたのは、この人に未練があったからで、この人が死んだからそれが今夜で終わって、わたしはひとりで地獄に落ちるんでしょうか」

「そんなこと……」

あるわけないでしょとは言い切れなかった。むしろそれこそあり得ることのように思えて背筋が寒くなった。

理由もなにも告げられず、通夜の席の、灯りが消えた部屋の隅に突然置かれ、惚れた男の年老いた遺体を見せられて、それこそ地獄に落ちる第一幕としては申し分のない演出かもしれない。

「そんなこと、赦《ゆる》さないわ」

思わず言葉が口をついて出た。なにがなんでもそんなことは認めたくなかった。

「どうであれ、あなたはこの人を愛してくれたわ。その気持ちに素直にしたがっただけじゃない。そんなあなたが、どうして地獄に落ちなければならないのよ」

やり場のない憤りを覚えて声が震えた。

「でもわたしは奥さんを傷つけました。お二人の家庭にヒビを入れました。ほんとうに申し訳のないことをしてしまいました」

「たいしたことじゃないわよ」

あえてはすっぱに鼻で笑った。

「十七歳のままのあなたには分からないでしょうけど、五十年、六十年と生きていれば、なんども誰かに傷つけられたり、傷つけたり、その繰り返しよ。そのひとつひとつを恨みに思うことはないし、引け目に感じることもなくなるわ。現にわたしは、最初に見たときに、朱美さんのことをすぐには思い出せなかったじゃない」

「だったらわたしはどうしてここにいるんですか」

そうなのよね。

ありきたりの慰めの言葉が答えになっていないことは分かっていた。

「続けましょう」

「えっ？」

「わたしの思い出をめちゃめちゃにしたいというのは嘘でしょ。あなたは思い出を作りたかったのよ。あなたは理由も分からずにここに連れてこられた。そしてあなたはわたしの思い出の記憶で、あなたとこの人の足りない思い出を紡ぎたいと思った。それこそ、あなたがここにいる理由なのよ」

白蟻女の返答を待たずに布団に身を横たえた。

瞼《まぶた》を閉じて力を抜いた。

自分の言ったことが正しいという確信はなかったが、間違ってはいないという予感がした。その予感を信じたかった。予感の先に、ほんとうの理由が見つけられるのではないかと漠然と感じた。

白い天井と白い壁が浮かんできた。


五つの顔がベッドを取り囲んでいる。三つは喜びに上気して、後の二つはどことなく沈み込んでいる。

右側に義父と義母と、左側に父と母と、そして足もとに亭主の顔があった。腕には赤ん坊の智之を抱きかかえていた。

「よく頑張ったわね」

ベッドの高さに腰を屈めて声をかけてくれたのは母だった。幼い子にするように頬をやさしく撫でてくれた。

「そうでもないんです。けっこう安産だったんですよ」

自分が産んだわけでもないのに亭主が嬉しそうに答えた。

亭主の言葉を義父が引き継いだ。

「百姓はみんな安産なんですよ。産み月になっても身体を動かしていますからな」

そう言って恩着せがましく胸を張った。

「勤め人とは違います。妊婦だ、身重だと、甘やかすからいかんのです。馬でも牛でも同じですよ。月が満ちれば生まれる。それが自然の摂理です」

ずいぶんと説教じみた言いようだった。

自然の摂理？

教養のない義父の語彙にそんな言葉があるとは知らなかった。それにしても馬や牛を引き合いに出すことはないだろう。

「はあ」

頷いた母の眉間にも、微《かす》かに嫌悪の色が滲んでいた。

「なんにしてもこれで跡継ぎができた。すべてお宅のお嬢さんのおかげです」

義父に大仰に頭を下げられた父が「いえいえ、ふつつか者でして」とピント外れな恐縮の仕方をした。

背は高くはないが筋骨隆々の義父に比べ、公立中学で古文を教える細身で長身の父は、いかにも貧相だった。

「最初はね、こんな華奢《きやしや》な色白のお嬢さんで大丈夫かと心配したんです。なんせ先生のお宅の箱入り娘さんだ。箸より重たいものを持ったことがないんじゃないかと思いましたよ。いや、いや、とんだ見当違いでした。家のこともよくやってくれるし、田圃仕事も立派にこなしてくれました。ご覧なさい。嫁いだときの面影もない。立派な百姓の嫁です」

面影もないという言い草に胃が差し込んだ。

自分で望んで嫁いだ先だった。農家の嫁になろうと努力もした。しかし義父の言葉は素直に心に響かなかった。もう少しこちらの親にも配慮してほしかった。

「そのうえ、こんなにりっぱな跡取りを産んでくれて。でも、ひとりで満足したらだめだぞ。もっともっと産んでもらわないとな」

義父が顔を近づけて念を押すように言った。

前夜のお酒の臭いがした。

「いい加減にしろよ。ちょっとはしゃぎすぎだ」

亭主が、義父だけに聞かせるように早口で釘《くぎ》を刺した。

義父は素知らぬ顔で聞き流した。

「農家は人手が宝だ。うちの婆さんは、栄一郎ひとりしか産めなかった。種が薄かったのか畑が痩せていたのか、いまさら悔やんでも仕方がないが、あんたはおれたちの二の舞にならんでくれ。産めるだけ産んでくれ」

亭主のこめかみに血管の筋が浮かび、瞼が痙攣《けいれん》した。

俯いた義母の耳が真っ赤になり、父と母は息をするのさえ気詰まりそうだった。

笑顔を浮かべているのは義父ひとりになった。

「骨が太いわ。りっぱなお百姓さんになれるでしょうね」

その場を和ますように母が智之の腕を手に取った。

しかし言葉とは裏腹にその顔はどこか寂しげだった。

娘を嫁に取られたばかりか、初孫まで農家になる運命を背負って生まれてきたことに、母は心を痛めているのに違いない。父も同じ思いなのか、智之に向けられた目がどこか虚《うつ》ろだった。

初孫なのよ。そんな目で見ないでよ、お父さん。

お母さんももっと素直に喜んでよ。

誰か義父をここから連れ出してくれないかと願った。

「そうでしょ。丸々と肥えたりっぱな赤ん坊でしょ。そりゃあうちのやつが食わせるものには気を配りましたからな。肉も魚もずいぶん食わせました」

義父の舌の滑りは止まらなかった。義父に肩を叩かれた義母が、申し訳なさそうに父母を窺い見た。

「それになにより米と野菜が違います。人間の基本ですな。農家はね、自分のところで食べる分は別に作っとります。いっさい農薬は使わない。化学肥料も使いません。あんな毒汁まみれのものを平気で食べる人の気がしれませんわい」

「あなた――」

義母が顔を引き攣らせて義父の袖を引っ張った。

その義父は、それから二年後に、脳溢血《のういっけつ》で倒れてあっけなく鬼籍に入るのだ。義母もすぐ後を追うように癌で他界し、毒汁まみれの米や野菜を食べた父と母は、義父母よりはるかに長生きして天寿を全うした。

「いい加減にしろと言っているだろ」

亭主が怒声を発した。

義父の笑顔も消える本気の怒声だった。

「調子に乗りすぎなんだよ。それに――」

亭主が言葉に詰まったが、あらためて義父を睨みつけてはっきりと言った。

「智之には家の仕事を継がせる気はない。おれは智之に、農家以外の道を歩んでほしいと思っている」

全員が呆気にとられた顔を亭主に向けた。

「栄一郎。なにを言っているんだ、おまえは」

義父の声が戦慄《おのの》いた。

「だから、智之には農家を継がせたくないんだ」

「そんなこと、なにもこの場で言わなくても」

狼狽《ろうばい》した義母が間に割って入った。その様子で、あらかじめ亭主と義母の間にそれに類する会話があったことが窺われた。

「おまえがそそのかしたのか」

怒りに見開かれた義父の目が、義母ではなく自分に向けられたことに動揺した。

「わたしはなにも――そそのかしただなんて――」

「こいつには関係ない。おれひとりで決めたことだ」

亭主が庇《かば》ってくれたが、義父の怒りの矛先はこちらに向けられたままだった。

「だからだめなんだ。学校の先生の小娘なんかだめなんだ。要らん知恵を倅《せがれ》に吹き込みよって。とんだ不作の嫁だわい。だいたい前々から分かっていたんだ。この嫁は百姓を馬鹿にしとる。わしらのことを身分が下だと思っとる」

そんなことありません。

どうしてそんなことを言われなくてはいけないのですか。

義父の激しい憤りにそれを口に出して言うことができなかった。代わりに涙がこぼれ出た。悔しさと悲しさが塊になって胸をついた。

どれだけの反対を押し切って農家に嫁いできたのか。

どれだけ農家の嫁になろうと尽くしてきたのか。

「こいつには関係ないと言っているだろう。おれが智之を農家にしたくないんだ」

「おまえは黙っとれ。おまえは嫁に誑《たぶら》かされているだけなんだ」

「あなた、止めて。栄一郎も口を慎みなさい。あちらのお父さんとお母さんもいらしてるのよ」

「御両親がいるこの場だからこそ、はっきりと言っておきたいんだ。おれは智之に農家はやらせない。智之には別の道を歩ませる」

父は考え込むような難しげな顔をして口を結んでいた。母は手に取った智之の腕に目を落としたまま身じろぎもしなかった。ただ二人の顔からは、さっきまでの寂しげな表情が消えていた。心なしか目に光が宿っていた。

義父の目がみるみる充血して、喉ぼとけが激しく上下した。そんな義父を、亭主が容赦なく追い込んだ。

「だってそうじゃないか。農家に先があるのかよ。機械化だ、新しい肥料だ農薬だといわれ、農協に借金で縛られて、収穫が上がっても手元に残る金が増えるわけじゃねぇ。いつの時代だって、百姓は貧乏くじを引くしかないじゃないか。そんな苦労はおれの代で終わりにしたいんだ」

それは酔った義父のお決まりの愚痴だった。

「けど、しょうがねぇか。わしらには田圃を作るしか能がねえんだからな」

さんざん愚痴をこぼしたあとに、自分を納得させるようにそう呟いて、義父はとぼとぼと寝床に向かうのだ。そんな自分の口癖を、そのまま息子に投げつけられて、義父は苦虫を嚙み潰したように顔を歪めた。

「おれは農家に生まれて気がついたら田圃を耕していた。他のことをやろうなんてこれっぽっちも思ったことはなかった。親父《おやじ》もそうだろう。でも智之は違う。好きな道を選ぼうと思えば選べる。それを生まれて三日も経たないうちに、おまえは農家の跡取りだなんて勝手なことを言わないでもらいたい」

亭主がきっぱりと言い放って、病室はますます沈鬱《ちんうつ》な空気に包まれた。

「勝手なことを言っているのはあなたよ」

凛《りん》とした声が病室に響き渡った。

白蟻女の声だ。その顔が目の前にある。どうやら今度は智之になってこの光景を見ているらしい。

誰も白蟻女の言葉には反応せずに気まずく項垂れたままでいる。それは記憶のままの光景だった。

「どうしてあなたは自分の家の仕事を貶《おとし》めるの。いいじゃない、農家のままで。土地だってあるんでしょ。家族で暮らす家もある。食べていくには困らないんでしょ。家族が一緒に暮らせるんでしょ。それで十分幸せじゃないの。今の生活が苦しいからって、目先のことを追いかけてどうするのよ」

届かないわ、朱美さん。

もう分かっているでしょ。

あなたがなにを言っても、記憶は変わらないのよ。

あなたの声は聞こえていないのよ。

そう思いながらも、何年か後に起ることを知っている身に、白蟻女の言葉が沁《し》みた。あのとき自分は、どんな気持ちで亭主の訴えを聞いていたのだろう。ただうろたえている姿しか思い浮かばなかった。

そして白蟻女の言葉を思った。

家族が一緒に暮らす家があって、食べていくのに困らなければ、それで十分幸せだと訴える境遇に思いを巡らせた。十七歳という幼い年齢を偽って、キャバレーでホステスをしていた白蟻女の言葉が重たく響いた。

「まぁ、この子はまだ生まれたばかりなんですから、ここでわたしたちが言い争っても仕方がないでしょ」

白蟻女の言葉を無視して――もともとその言葉はなかったのだけど――記憶通りの言葉を父が発した。

教師という仕事柄、日和見《ひよりみ》主義なところがあって、困ったことは先送りするいかにも父らしい発言だった。でも少しだけ、父は口元に笑いを浮かべている。

記憶が別の場面に飛んだ。

テーブルを挟んで父が炊き立てのご飯を口に運んでいる。隣に座った母も同じようにご飯を食べている。

「どう？　わたしが作ったお米は。すごく美味しいでしょう。いつもお父さんたちが食べているお米とはぜんぜん違うでしょ」

「ああ、米がこんなに甘いなんて驚きだ。やっぱり新米は違うな」

ご飯を口に含んだまま父が頷く。ゆっくりと噛みしめて、口の中の余韻を楽しむように飲みこむ。

「まさにこれこそ口福だ」

「ほんと幸せな気持ちになれるわ」

母も同意する。

「そうでしょ。新米なんて農家でなければ食べられないものね」

まだお米は配給制の時代だった。米穀店の店頭に並ぶお米は、古米を混ぜたお米だった。亭主に教えられるまでそんなことさえ知らなかった。

「これをあなたが作ったただなんて」

感慨深げに母が漏らした。勝利感を覚えて身が震えた。

今ごろ親戚一同がこのお米を食べて、同じような感想を言い交わしているに違いない。

「あえて苦労をしなくてもいいじゃないか」

「おしゃれもできないし、日に焼けて肌もぼろぼろになるのよ」

「公務員か、せめて勤め人の家に――」

農家への嫁入りに難色を示した人たちの家にも、二人の田圃で作ったお米を一升ずつ届けていた。

「ずいぶん日に焼けたわね」

「手がごわごわじゃない」

「足も太くなったんじゃないの」

「爪もまっくろよ。ちゃんと洗った方がいいわよ」

嫁いだ後も、いやみを言い続けた人たちは、どんな思いでご飯を食べているのだろう。

「好きな人と苦労を一緒にすればこんなご褒美があるんです」

ずいぶんとこじつけがましいが、ひとりひとりにそう言ってやりたかった。初めての収穫の達成感に酔っていた。

「農家なんてやるもんじゃない」

義父の愚痴は何度も聞かされていたが、亭主まで同じことを思っていたなんて考えもしなかった。裏切られたとまでは思わなかったが、悲しかった。

「智之の人生は智之が決めればいいわ」

白蟻女の声がして景色が病室に戻った。

「でも、わたしは智之を農家の長男として育てます。だからあなたも、農家が貧乏くじを引くみたいな物言いは止めてください。お義父《とう》さんも愚痴を言うのは止めてください。秋の刈り入れの高ぶる気持ちをちゃんとこの子にも教えてあげてください」

秋の刈り入れの高ぶる気持ち？

胸のうちに小さな鼓動のようなものを感じた。

白蟻女の思い出が変化している。

白蟻女が刈り入れの喜びなど知るわけがないのだ。

白蟻女の思い出に新しい記憶が刻まれている。

「それじゃ、あんまり長居をしても産後に障《さわ》るでしょうから」

白蟻女の声が届かないまま、父が母を促して病室を出る。

少し間を置いて、義父が義母に背中を押され、肩を落としたままそれに続く。病室を出るとき、義父がなにか言いたげな視線を亭主に向けたが、亭主は病室の天井の一隅を見つめたまま義父の視線を無視した。

ゆっくりと景色が色を失い通夜の部屋に戻った。さっきまでの激しい嘔吐は感じなかった。白蟻女がそっと身体から出て行く感覚があった。

寝返りをうって体を横に向けた。

布を外したままの亭主の死に顔が静かに闇に浮かんでいた。

「朱美さんに見えるのはわたしの記憶だけなの」

亭主の死に顔に目をやったまま訊ねてみた。

「いいえ」

白蟻女が囁くよりも小さな声で答えた。

「わたしの気持ちを感じることもできるのね」

白蟻女の言葉で確信した。

農家を否定する亭主に違和感を覚えたのだ。亭主が言ったことは、農家に嫁ぐことに反対した親戚の言い分と変わらなかった。

食べていくのに困らなくて、家族が一緒に暮らせれば十分じゃないの。

白蟻女の訴える声が脳裏によみがえった。

好きな人とだったら一緒に苦労をしてみたい。

その気持ちを言いかえれば、白蟻女が言った言葉と同じ言葉になる。

生まれてから、ずっと農家で苦労してきた義父や亭主が言うのは仕方がない。でも嫁として、生まれたばかりの長男の母として、言うべき言葉があったように思える。

それを言わずに、ただうろたえてあの場をやり過ごしてしまった。

「すみません。奥さんの気持ちまで覗き見するつもりはないんですけど」

「いいのよ。いまさら恥ずかしがる間柄でもないし、あなたにだったらなにを見られてもかまわないわ」

「でもわたし、勝手なことを言ってしまいました」

「智之のこと？　勝手じゃないわ。あなたの言うとおりよ。わたしたちは農家のままがいちばん良かったのかもしれないわ」

記憶が奔流になって頭を駆け巡った。

あの後、義父が亡くなり、すべての田畑といくらかの山林を亭主は引き継いだ。連れ合いに先立たれた義母も臥《ふ》せりがちになり、まだまだ働き盛りだった義父と義母の手を失ったことが、そのまま亭主の負担になった。

それでも亭主はすべての田畑に鍬《くわ》を入れ続けた。

「どうしようもないだろ。ほっとくわけにもいかないからな」

身体を気づかう言葉に、亭主は諦観の言葉で応えた。

もちろんできるだけの手伝いはした。しかし二人目の千賀子が生まれ、ますます家事の負担が大きくなった。

いつしか刈り入れの高ぶりは色あせ、春の芽吹きの気配に気持ちが沈み込むようになっていた。また一年が始まるのだと春を呪うことさえあった。

そんな生活に思いもしない変化が訪れた。

亭主が耕していた田畑と、代々引き継いできた山林にバイパス工事の話が持ち上がったのだ。

ある日、黒い鞄《かばん》を持ったスーツ姿の三人の男が家を訪れた。男たちは公社と不動産会社と建設会社の名刺をそれぞれ差し出した。

最初に公社の名刺を差し出した男の説明があって、それから別の男が膝をまえに進めた。建設会社の名刺を出した男だった。

「バイパスとは別にぜひご検討願いたいのですが」

そう言いながら、黒い鞄から大きな地図を取り出した。

亭主の土地に勝手な線が引かれ、赤や青に塗り潰されていた。

「バイパス沿いに宅地を造成しませんか」

男は赤く塗り潰された場所を指で示した。そして次に青く塗り潰された場所を示し

「このあたりにスーパーマーケットをつくりましょう」と言った。

スーパーマーケット。

耳慣れない語感に気持ちが構える格好になった。でもそんなことには頓着せずに男は話をすすめた。

「もうすぐモータリゼーションの時代がきます。八百屋に行ったり、魚屋に行ったり、ついでに駄菓子屋になんてことはしなくなります。ワンストップショッピングの時代なんです。そこに行けばなんでもそろっている。そうなれば少々遠くたって客は集まります。こんなもんアメリカじゃ常識です」

モータリゼーション。

ワンストップショッピング。

アメリカじゃ――

どの言葉にもいかがわしい響きがあった。

「ざっとした計算ですが」

今度は不動産会社の名刺を差し出した男が身を乗り出し、同じような黒い鞄から数字がいっぱい書き込まれた書類を取り出した。そして男は、その書類の下の方に記された数字を指で押さえた。その数字の横には『用地取得予算』と書かれてあった。

「この金額でご検討願いたいのですが。もちろん、まだまだ交渉の余地はあるとお考えいただいて結構です」

最初は彼らがなにを言いたいのか理解できなかった。次第に彼らが土地を買いに来たのだと分かった。そのうえで『用地取得予算』の欄に書かれた数字を見て、腰が抜けそうになった。

「急なお話すぎて、どうお答えしてよいものやら」

亭主が頭を掻きながら応え、その日は帰ってもらった。

それからというもの、毎日のように、ひきも切らず黒い鞄を持ったスーツ姿の男たちが、入れ替わり立ち替わり訪れるようになった。

建設会社や不動産会社だけではなかった。銀行の支店長さんや部長さんまでが日参するようになって、たちまち自宅の一室が手土産でいっぱいになった。

亭主が酒好きと聞き及んでいたのだろう、見るからに高級そうな洋酒や、桐《きり》の化粧箱に収められた日本酒が積み上げられた。肉や魚や果物が、冷蔵庫に入りきらないほど届けられた。実家に持っていくと、母が不安そうに顔を曇らせた。

「大丈夫なのかい、あなたのところ」

「よく分からないけど、悪い話じゃないと思うわ」

どれだけのお金が入るのか、とても母に言える金額ではなかった。それは父と母が、生涯働いても到底手に入れることのできない金額だった。

「でもね、農家の人が土地を売るというのはどうなのかしら」

母に言われるまでもなく、そのことが気がかりといえば、気がかりだった。

そんな日々に最初は亀のように用心していた亭主も、やがて野鯉のように跳ね躍った。しかしそれは陸に上がった鯉のあがきのようにも感じられた。

ほどなくバイパス工事の手付金が入金された。農機具の借金を清算しても、まだたくさんのお金が残った。

亭主が田圃に出なくなった。毎夜の接待で、床から出てくるのは昼過ぎだった。長風呂に入って前夜の酒が抜けるころには、迎えの車が門前にさし向けられていた。

農機具は納屋で錆《さ》びて、わずかに残った田畑には、あれほど忌《い》み嫌っていたヒエやオオバコや、他にも見たことがないような雑草がはびこった。

それでも亭主は有頂天だった。

「奥さんはどうだったんですか？」

どうだったかしら。

田圃仕事から解放されてほっとしていた。でも毎日が不安だった。

「貯金はたくさんできたわね。でも少しずつだけど減っていくの。大金だったけど、生活が変わって使う額も変わった。通帳のお金が減っていくのがすごく怖かった。確実に減っていくの。減るだけなの。それが怖くて仕方がなかった。日に何度も通帳を開いたわ。まだこんなに残っているじゃないって自分に言い聞かせるんだけど、どうしようもなく不安で怖かった」

「土地とか貸していたんですよね。ハイツとかも建てたんですよね。遊んでいてもお金が入ってくるんじゃないんですか? もう契約は決まっているので、正式な手続きさえ済ませれば、毎月まとまったお金が入ってくるって聞きましたけど」

「確かに毎月お金が入ってきたわね。田圃を耕していた時分は、秋の収穫のときしかお金が入ってこなかった。春や夏にも少しはあったかしら。それが毎月入ってくるんですもの、最初は嬉しくて仕方がなかったわ」

でも出て行くお金はもっと増えた。亭主はなんにも知らなかったのだ。カードでお金を引き出すだけで、家計のやりくりなど見向きもしなかった。

「出ていくお金がすごいの。びっくりしたのは税金だわ。農地でなくなった途端に跳ね上がった。土地の税金を払うために土地を売るようなこともしたわ」

そんなことは、不動産屋も銀行の偉い人も教えてくれなかった。みんな入ってくるお金の話ばかりをした。

「それからローンね。不動産屋さんと銀行の人におだてられて、賃貸のハイツを建てたでしょ。三十年ローンよ。相続税対策だって言われたわ。うちの人がいくつだって言うのよ。相続なんてまだ考える歳じゃないでしょ。考えれば馬鹿みたいなことなんだけど、返済計画は入居率が八割で計算されていたの。でもそうそううまくはいかないわよね。そのうえ維持費も掛かるし、古くもなるし。三十年経って、ローンが終わるころに建て替えましょうって、また銀行の人が来たわ」

その申し出は丁重にお断りした。また三十年間、ローンを支払う気力はなかった。

今は古びたぶん、賃料を下げて貸している。半分ほどの入居もないが、ローンが終わっているので、どうにか食べていけるくらいの収入にはなる。ただし管理人を雇うほどの余裕はないので、共有部分の掃除は自前でやらなくてはならない。

「バイパス工事は世間様のためにもなることだから仕方がなかったとしても、宅地分譲やスーパーマーケットや、ハイツのことはどうだったのかしら。工事のお金は貯金で残しておいて、あのまま農家を続けていたらどうだったんだろうって、後から何度も考えたわ。働かないで暮らしていけるだなんて考え方は、やっぱりどこか間違っていたのよね。どうしてあのときは、それが分からなかったのかしら」

白蟻女が亭主に目をやってから言い難そうに切り出した。

「生意気なことを言うようですが、わたしもそう思います。遊んでいてもお金が入ってくるなんて、おかしいと思いました。そんな生き方は楽しくないだろうなって」

「朱美さんがキャバレーで働くようになったのは、妹さんたちのためなのよね」

「どうしてそれを――」

「奥さん――」

あの朝の騒ぎの後、何カ月かしてから、毎月決まった日にまとまったお金が引き出されるようになった。亭主がカードで引き出していた。白蟻女の自殺で亭主の町場通いはふつりと止んでいたから、そのお金がなにに使われているのか不思議に思った。

そして時が経ち、成人した白蟻女の上の妹さんが家を訪れて、亭主が妹さんたちに仕送りをしていたことを知った。妹さんの手には、亭主が送金した現金書留の封筒が握られていた。

亭主の内緒の行為を怒る気にはなれなかった。当時の亭主は放蕩《ほうとう》するでもなく、趣味があるわけでもなく、無為に日々を送っていた。そんな亭主の知らない一面を見せられたのがむしろ嬉しかった。

いいとこあるじゃないと、感心した。

別れた自分の子供の養育費もろくに払わない男がたくさんいるのにね。

「そんなことを――」

気持ちを読み取ったのだろう、白蟻女が目を丸くして驚いた。

その瞳からみるみる涙が溢《あふ》れ出した。

「ありがとうございます」

やにわに亭主の方に身体を向けて座り直し、嗚咽《おえつ》で喉を詰まらせながら、白蟻女が畳に頭をこすりつけた。

「知っていたのか」

今夜初めて亭主が口を開いた。

なんだ、あなたも気持ちが読めるのね。

しかも喋《しゃべ》れるんだ。

都合が悪いと思って黙っていたなんて、それもまっ、あなたらしいけどね。

「ええ、知っていましたよ。でもあなたが決まり悪いだろうと思って黙っていたの。事情を知らない妹さんは恩返しがしたいって言ったけど、気にしないでいいって答えるしかなかったわ。まさかあなたのお姉さんが自殺したのは、うちの亭主の責任です、とは言えないでしょう」

もちろんそれで妹さんが納得するはずがなかった。だからその場の思いつきで話をでっち上げた。

知り合いの人でお姉さんと結婚の約束をした人がいました。とっても立派な青年で、二人はほんとうに愛し合っていました。だからお姉さんが亡くなった後も、なんとか残されたあなたたちの力になりたいとその青年は考えました。うちの人は、その青年に頼まれてあなた方に仕送りをしていたのです。

でも、その人が誰だかは教えられません。今はその人にも家庭があって子供もいます。あなたも大人になったのだから、そのあたりのことは分かってもらえるでしょ。

とっさに思いついた出まかせとしては、悪くはなかったんじゃないかしら。

少しだけほんとう、ほとんどは嘘だったけど。

とっても立派な青年――

意地悪く心の中で繰り返して、亭主にわざとらしい微笑を送った。

「止めろよ」

亭主が気まずそうにそっぽを向いた。

「朱美さん、話の続きを聞かせてくれないかしら。あなたはどうして遊んで暮らすのがおかしいと思ったの。ほんとうを言うとね、わたしもおかしいって感じていたわ。でもはっきりとは分からなかった。だからあなたの気持ちを教えてほしいの」

畳に頭をつけたままの格好で白蟻女の姿が薄くなって消えた。

そして亭主の隣に、馴《な》れ馴れしくはないほどに少し距離を置いて現れた。

「キャバレーのお仕事は辛かったです。ほんとうにいやでした。でも毎日仕事が終わってから頂戴するお金はありがたかったです。自分の生活費以外をよけておいて、月の終わりに郵便局から妹宛に送りました。そしたら妹から『受け取りました。お姉ちゃんありがとう』って手紙が返ってくるんです。『体にだけは気をつけてください』って、いつも決まった手紙なんですけど、手紙を受け取るたびに泣きました」

「そうなの。あなたも苦労していたのね」

「だからわたしは思いました。遊んで暮らせるからこの人はだめになっているんだ。そこから逃れたいから、奥さんと別れてわたしと苦労したいと思っているんだ。わたしは奥さんが――」

「わたしがどうしたの？」

「――いえ、なんでもありません」

「それはなしよ、朱美さん。あなたはわたしの心を読めるのに、わたしはあなたの心を読むことができない。ずるいわよ。思ったことは全部言葉にしてくれなくちゃ、それこそ不公平じゃないかしら」

白蟻女が申し訳なさそうに頷いた。それでも少し言い淀《よど》んでから口を開いた。

「わたしは奥さんが悪いんだと思いました。お金があるだけで満足している奥さんが悪いんだと思いました。でも——」

また言い淀んだ。

今度は亭主に遠慮しているのだと、心が読めなくても分かった。心が読める亭主が眉間にしわを寄せたので、自分の推測が間違いないと思った。

そうだよね。

お金に浮かれていたのは、どちらかと言えばあなただよね。

「どうやら今夜で誤解が解けたようね。でも、この人だけが悪いんじゃない。わたしだって朱美さんほどしっかりとは考えてなかったもの」

「智之さんは農家を継がなかったんですね」

白蟻女の声が寂しそうだった。

「ええ。継ぐも継がないも、あの子が大きくなったときには、うちはもう農家じゃなかったから。わずかに残った土地で、自分の家で食べるくらいは作っていたけど、出荷するほど耕作できる土地は残っていなかったわ」

農家でないどころか、なにものでもなかった。

亭主の望みどおりに農家をやめて、まさかそれまで望んだとは思えないが、働かないで食べていく日々を細々と送っていた。

そんな親の姿を見て子供たちは育った。それでもふたりの娘は結婚相手に恵まれたが、智之は未《いま》だに独り身だ。やさしくて真面目な子なのだが、いつも周りに気を使っている智之の臆病な性格は、家庭環境が災いしたのではないかと思わずにはいられない。

「そうですか」

「こうやって思い返すと、辛いことの方が多かったのかしら。あらためて考えると後悔することもたくさんあるわね」

まるで他人事《ひとごと》のように口にしてみた。でも実感は湧いてこなかった。なにがどうというのではないが、それほどすてた人生でもなかったように思える。負け惜しみではなくそう思える。

どうしてかしら。

無意識に幽霊ではなく、横たわった亭主の死に顔に目をやった。

あなたと一緒だったからだよね。

どんなになっても亭主のことが好きだった。それだけで満足できる人生だったと素直に思える。この人だけを好きでいられたことで十分な人生だった。

「お金が入るようになって、ご主人が変わっても、奥さんはご主人のことを嫌いにならなかったんですね」

白蟻女がしみじみとした口調で言った。

「そうね。どんなに変わっても、この人はこの人だもの」

確かに亭主は変わった。愚痴を言いながら田畑を耕していたときの亭主は、それでも毅然《きぜん》としたところがあった。働かなくなってからは、はっきり言って腑抜けになった。頑固さだけはそのままに、そのくせ優柔不断で芯のない男になってしまった。それでも、そんな亭主に愛想を尽かすことはなかった。

「この人はこの人だもの」

亭主の死に顔に目を落とし、自分の気持ちを確かめるようにもう一度言ってみた。

「わたしは農家に嫁いだんじゃなくて、この人の嫁になったの。農家のときはこの人に憧れていた。農家でなくなってからは、支えてあげなくちゃと思った。どちらにしてもこの人以外の人を好きになるなんて考えられなかったし、やっぱりずっとこの人が好きだったんだと思うわ」

「そうですか。わたしなんかが敵《かな》うはずがないですね」

それはどうかしら。

たとえ一時の激情に駆られたとはいえ、毒を呷るほどの思い入れがあったのでしょ。わたしは嫁の立場をあたりまえに思っていた、だからなにも疑問に思わなかった、ただそれだけのことかもしれないわ。

もし自分が、白蟻女の立場で亭主を好きになっていたらどうしただろう。

ふと、ある思いが頭に浮かんだ。

それを言葉にするまえに幽霊の二人の顔に動揺の色が浮かんだ。

「おまえ――」「奥さん――」

同時に言葉を発した。

なんて便利なことかしら。

言いにくいことを言葉にしなくてもちゃんと通じるなんて。

亭主と白蟻女が顔を見合わせた。それから二人の視線がこちらに向いた。

それくらいかまわないでしょ。もう三人の間で隠し事をすることもないじゃない。

「でも、それってちょっと悪趣味じゃないか」

亭主が控えめに抗議した。

言われてみればそうかもしれない。でもそれだけではなかった。またなにかの予感を感じていた。言葉にするのが難しかったので、亭主の言い分は無視することにした。

「分かりました」

意外なことに白蟻女が承諾してくれた。そして口を挟もうとした亭主を手で遮った。

「奥さん横になっていただけますか」

言われるままに横になって、大きく息を吸って瞼を閉じた。

生バンドのスローな演奏が遠くから聞こえてきた。


広いボックス席に、緊張した顔の男の人が三人、お互いの顔を恥ずかしげに見交わしながら座っている。道夫《みちお》さんと芳照《よしてる》さんと亭主と。近所の人からバイパス・トリオと陰口を叩かれていた三人組だ。

バイパスが通ることになって、ぜんぶの農家が潤ったわけではなかった。計画から数メートル違っただけで、なんの恩恵にも与《あずか》れない農家もあった。

そんな農家の人たちと、バイパスの計画上に土地を持っていた農家の間で、気まずい関係が生まれてしまった。お互いにその話題には触れないように普段の付き合いを続けていたが、なかには浮かれてはしゃぐ者もいた。その代表格がバイパス・トリオだ。

「なんか緊張しますね」

いちばん年少の道夫さんが言う。

「こんな店初めてだもんな」

いっこ上の芳照さんが同意する。

「おまえら落ち着けよ」

宥《なだ》めるように最年長の亭主が言うが、その目も泳いでいる。

「だって栄一郎さん、あの鉢植えの椰子《やし》の木、本物ですよ」

道夫さんがこちらを指差す。

なるほど今回は椰子の木なのね。それともその葉に羽を休めている蝿《はえ》なのかしら。

言われてみれば広々とした店内は南国風で、流れている音楽もハワイアンミュージックだ。

北関東の地元で椰子の木を見ることはない。町場にはこんな場所があったのかと、変なことに感心させられる。

「なんでおまえが椰子の木を知っているんだよ」

亭主が道夫さんに問い掛ける。

「だっておれ、新婚旅行が宮崎でしたもん」

「おれもそうだった。椰子の木見たよ。でも本物か？」

芳照さんが首を傾げる。

「さっき別のところの鉢植えの葉っぱを捥《も》いで齧《かじ》ったんです。プラスチックじゃなかったです」

道夫さんが唇を尖らせる。

「怪しいもんだ。おまえ相当に緊張しているだろう。どれ、おれが見分してやるとするか」

「おい、落ち着けと言ってるだろう」

席を立とうとした芳照さんを亭主がたしなめる。

「アロハー」

合唱するような三人の女の人たちの声がして、男たちが身を硬くする。三人の女の人たちは両肩を露《あら》わにしたワンピース姿だ。スリットの入った服から脚を覗かせている。

それぞれ男たちの隣に割り込んで座り、亭主の隣に座ったのが白蟻女だ。

「朱美と申します。よろしくお願いします」

他のふたりの女の人もそれぞれに自己紹介して、男たちが小さな名刺を受け取った。

「お飲み物はどういたしましょう」

年かさの女の人が手なれた風情で男たちに訊ねた。男たちは口々にビールを頼み、訊ねた女の人がマッチを擦ってボーイさんを呼んで、たちまち六本の小瓶がテーブルの中央に並べられる。

「お兄さん、初めてですか？」

白蟻女が、歌うように声を転がせて亭主にビールをお酌する。

「ああ、まあ」

あいまいに答える亭主の声はまだ緊張している。

「嬉しい。だったらわたしが初めてお相手をさせていただくホステスなんですね。まだ勤め始めたばっかりですけど、これからもよろしくお願いします」

「朱美ちゃんはいくつなの」

初対面でいきなり歳を訊くの？

訊かれた白蟻女もちょっと驚いた顔をしたが、すぐに元の笑顔に戻って、

「今年で二十歳になりました、お兄さんは？」と応じた。

「うん、二十一歳かな」

自分の歳を言うのに「かな」はないでしょ。

しかもサバを読んでいるし。

確か白蟻女と関係したのは由美を身籠《みごも》っていたときだから……

まるまる十歳もサバを読んでるじゃない！

それから一問一答みたいな盛り上がりに欠ける会話が続いて、ビールのお代わりだけが増えていく。道夫さんと芳照さんも、同じくらい盛り上がっていない。三人ともどこか空回りしている。

「お客さんたちはなんのお仕事をされてるんですか？」

最初に注文を取った年かさのホステスさんが、値踏みする目で三人を見まわして訊ねる。三人の服装は、他のほとんどのお客さんのようなスーツにネクタイ姿ではない。開襟シャツに白い綿パンといういでたちは、見ようによってはどこぞの商店主と見えなくもないが、場の不慣れさは隠しようもないだろう。

「どこかの御曹司《おんぞうし》かしら。ずいぶん日に焼けてらっしゃるし。ゴルフ？　それともヨットとか」

もうひとりのホステスさんが無邪気に目を輝かせる。

「なんというか、不動産関係の」

ゴルフだのヨットだのと言われて動揺したのか、道夫さんが言葉を濁らせる。

「嘘つくなよ。おれたちは百姓じゃないか」

聞き咎めた亭主が軽い口調で道夫さんを窘《たしな》める。でもそう言ってしまってから、自分の失言に気が付いたようだ。

「そう。農家の方ですか」

職業を質問したホステスさんが興《きょう》醒《ざ》め顔に変わり、さっきまでの馴れ馴れしい口調が、いやに丁寧な口調に変わる。御曹司かしらと、勝手に的外れなことを言ったホステスさんも、前のめりにしていた姿勢をソファーの背もたれに沈める。落胆を隠さない。

なにを勘違いしてこんな場違いなところに来ているのかしら。

そんな失望感を二人のホステスさんが露骨に発散している。

「素敵だわ。わたし、農家に憧れます」

白蟻女の声だ。

男三人の視線が集まり、別の二人の女の人が、薄ら笑いで小さなため息を漏らす。鼻で笑っている。

「だって土地を持っているんでしょ。それに自分の家で食べるものは自分で作れるんでしょ。それってすごいですよね」

その場を取り繕う言葉ではない。本心からの言葉に聞こえる。

勢いを得て、肩を落としかけていた男たちが大袈裟に頷く。

「土地ならたくさん持ってるさ。こんどそこにバイパスが通るんだ」

芳照さんが鼻を膨らませる。

とたんに二人のホステスさんが身を乗り出して、場の盛り上がりが復活する。

「フルーツを頼んでいいかしら」

「おお、いちばん高いやつを頼んでくれ」

お調子者の道夫さんが景気よく答え、ソファーに深く身を沈めて足を組む。

「ブランデーはいかがかしら。おビールばっかりじゃお腹が冷えるでしょ」

「いいね、いいね。そうそうビールばっかりは飲めねぇからな。ブランデーもらおうじゃないか。いちばん高いやつを出してくれ」

負けずに芳照さんも鷹揚《おうよう》に答え、同じようにそっくりかえって足を組む。

やがて、高さが五十センチもあろうかと思える豪華絢爛《ごうかけんらん》としか言いようのないフルーツの盛り合わせを、慎重な足取りでボーイさんが運んでくる。そしてその後ろから、別のボーイさんが、見るからに高そうな年代物のブランデーボトルをしずしずと肩の高さに掲げて持ってくる。

同席の三人のホステスさんが歓声をあげて拍手し、周囲の席の視線を集める。周りのホステスさんたちのうらやむ視線と、お客さんたちの気詰まりそうな視線に、道夫さんと芳照さんが気持ちよさげに顔を上気させる。

「あとで鮨《すし》でも食いに行かないか」

にわかに起こった喧騒《けんそう》に紛れ、亭主が白蟻女の耳元で囁いている。

亭主と白蟻女がお鮨屋の暖簾《のれん》のまえで揉めている。

それを地面に近い位置から見ている。

今度は野良猫かしら。

そういえば、あのころは未だ野良犬もいたわね。

「どうした、鮨は嫌いなのか？」

「そんなことはないですけど、ラーメンにしませんか？　この先にすごくおいしい屋台のラーメン屋さんがあるんです」

「キャバレー帰りにラーメンはないだろう」

「でも、すごくおいしいラーメンなんです」

「分かった、分かった。この次はラーメンにしよう。今夜は鮨に付き合ってくれよ。初めてキャバレーに行った記念の鮨なんだ」

お鮨は亭主の大好物だ。

でもあのころは、未だ近所に回転寿司なんてなかったから、年に一度か二度、特別の日にだけ食べる贅沢品だった。バイパス工事の前金が入るまでは。

そういえば、バイパスの前金が入って、いちばんに食べに行ったのもお鮨だったわね。亭主が白蟻女の背中を押すようにして二人は鮨屋の暖簾をくぐる。遅い時間の店内に他のお客さんはいなくて、無愛想な店主が二人を迎える。

その三人を天井から見ている。

また蜘蛛かしら。

まさかお鮨屋の天井にゴキブリはいないでしょうね。

「なんでも好きなものを注文してくれ」

カウンターの真ん中に陣取った亭主は酔ってご機嫌だ。

「じゃあ、かっぱ巻きをお願いします」

「いきなりかっぱ巻きかよ。もっと高いものでもいいんだ。遠慮しないで注文しろよ」

「いいです。わたしかっぱ巻きが好きですから」

「金の心配をしてくれているのか」

さあ、鮨を食うぞ。そんな気負った気持ちの出鼻を挫《くじ》かれた格好になって、亭主のご機嫌顔がすこし曇った。

「そうじゃないんです。それにあまりお腹も空《す》いていませんし」

その言い訳はまずいんじゃないかしら。だってさっき。

鈍い亭主もさすがにそれに気が付いたようだ。

「ちょっと待てよ」

亭主の顔から笑みが消える。

「さっきおれをラーメンに誘ったのはどこのどなただ。腹が空いてもいないのにラーメンに誘ったわけか」

白蟻女が口ごもって俯いてしまう。

「おれが農家だからって遠慮しているのかな。店でも気になっていたんだが、朱美ちゃんはフルーツにも手を出さなかった。農家が頼んだフルーツのお裾わけはいやなのか。農家と鮨は食いたくないということなのか」

問い詰める口調に手加減がない。

「これだけ鮨ネタがあるのに、かっぱ巻きだけということはないだろう。おれは馬鹿にされていると感じるね。朱美ちゃんは他の女とは違うと思ったけど、やっぱり朱美ちゃんも農家を馬鹿にしているんじゃないかな」

おどけた調子で言ってはいるが、声が震えて唇の端がひくひくしている。

「おれは朱美ちゃんが農家に憧れていると言ってくれたから、鮨に誘う気になったんだ。

あれはあの場を取り繕う方便だったのかよ」

「そんなことはありません。あれはわたしの本心です」

「だったらどうしてそんなことを言うんだ。どうせネクタイ締めて背広を着たやつと来たときは、トロやヒラメや高いもんを食べるんだろ。おれみたいの相手じゃ、食欲もなくなるか」

なにをそんなに僻《ひが》んでいるのかしら。お酒は好きでよく飲んでいたけど、明るいお酒を飲む人で、こんなにからんだりすることはなかったのに。

持ちつけたことのないお金を持って、初めて町場の華やかな場所に出向いたから緊張しているのよね。でもかっぱ巻きのことだけで、ここまで怒ることはないんじゃないかしら。

「兄さん、この子はいつもかっぱ巻きしか食べないんだよ」

カウンターの向こうから鮨屋の店主が口を挟んだ。軽く怒気を含んだ声だ。

「なにもそんなにつっかからなくてもいいだろう。女の子がかっぱ巻きだと言っているんだから、かっぱ巻きを食べさせてやりなよ。おまえさん、どこの田舎もんかは知らないけどよ、ちょっと不粋がすぎやしないか」

意見をされて亭主が肩をいからせる。今にも立ち上がらんばかりの勢いで店主を睨みつける。店主もかかってくるかと言わんばかりに身がまえる。

「おじさん、止めて。堀内《ほりうち》さんも冷静になってください」

白蟻女が店主に手を合わせてごめんなさいの仕草をして、それから隣に座った亭主に向き直る。

「すみません。全部わたしが悪いんです。せっかく誘っていただいたのに、不愉快な思いをさせてしまって、ほんとうにごめんなさい」

若い娘が殊勝に頭を下げているのに、亭主は怒りをおさめようとはしない。握りしめた拳を腰にためて、店主を睨んだ目を充血させている。

そんな亭主の様子に、少し考え込んでから白蟻女が口を開いた。

詰まり詰まり、身の上を語り始めた。

「茨城の土浦《つちうら》に歳の離れた妹が二人いるんです。上の妹は十二歳で、下の妹はまだ九つです。お父さんは出稼ぎに行ったまま行方知れずになりました。お母さんは無理がたたって寝込んでしまいました。まだ幼い妹たちがお母さんの看病をしてくれています。頼れる親戚もいません。わたしが働いて家族を養っているんです。でもまだ働き始めたばかりなので、十分な仕送りはできません。毎日の暮らしがなんとかなるくらいのお金しか送ってあげられません。だから妹たちやお母さんは、おいしいものなんて食べられないんです。フルーツやお鮨なんて食べたことがないんです」

亭主の顔が赤くなる。お鮨屋の店主は不機嫌そうにそっぽを向いている。亭主の顔がみるみる真っ赤に膨れ上がる。

「すまない」

いきなり亭主がその場に土下座した。

「堀内さん」

慌てて白蟻女も立ち上がり、膝を折って亭主の二の腕を摑んだ。

「困ります。顔をあげてください」

「なにも知らずに、おれってやつは」

「お願いですから、頭をあげてください」

白蟻女がいくら力を込めて引っ張っても、ダンゴムシのように丸まった亭主はびくともしない。

「約束する。おれもきょうから鮨はかっぱ巻きだけにする。マグロもタイもヒラメも絶対に食べない」

亭主が微笑ましいことを言った。

そんな人なのだ。肩が小刻みに震えているのは自分を恥じているからに違いない。

「おじさん、どうしたらいいの」

亭主の腕を摑んだまま、助けを求めるように白蟻女が店主を見上げた。

「見かけによらずいいやつじゃないか。ただし、うちの商売はあがったりだがな」

腕組みをした店主が呆《あき》れ顔で苦笑した。


そう、そんなことがあったんだ。


「あなた」

死に顔に目をやってから、向こうで座っている幽霊の亭主に視線を移した。

「それでかっぱ巻きしか食べなくなったんだ」

「えっ、まさか?」

白蟻女が目を丸くした。

「その、まさかなの。この人、四十年近くまえからお鮨断ちしているの。あんなにお鮨が好きだった人が、どうしたんだろうって思って不思議だった。家族でお鮨屋に行っても注文するのはかっぱ巻きばっかり。ようやくその理由が分かったわ。そういうことだったのね。えらいよ、あなた。褒めてあげるわ」

愉快になって声をあげて笑ってしまった。あんまり笑いすぎて涙が出た。

「すみません。わたしのせいで」

白蟻女が頭を下げた。

「いいのよ、いいの」

まだ笑いながら顔のまえで手のひらを振った。

「それにこの人は、あなたのためだけにお鮨を断ったわけではないと思うの。きっとそのときの自分が赦せなかったのよ。そういう人なのよ」

「ねっ」と亭主に同意を求めたが、亭主は天井を見上げたままなにも答えなかった。生前の秘密が、思ってもみなかったかたちでばれて照れていた。

「そのことがあって、あなたはこの人を好きになったの」

「いい人だとは思いました。でも、それで好きになったのかどうか、今考えてもよく分からないんです」

「よく分からないって？」

「最初にお店でご挨拶したとき、なんか汗の臭いがする人だなと思いました。わたし、人一倍臭いには敏感なんです。それでちょっと隣に座るのがいやだと思いました。それからお勘定のときに、お釣りはいらないって、十円や百円じゃないんですよ、千円札で何枚かのお釣りをボーイさんに渡していました。なんてお金を粗末にする人なんだろうって。でも、働き始めたばかりで指名のお客さんがいなくて、それでお鮨のお誘いに頷いたんです。先輩のお姉さんにも、仕事だと思ってお客さんのお誘いは受けるのよ、って言われていましたし。でも心の中ではいやな人だと思いました」

「一目惚れではなかったのね」

「それもよく分からないんです」

「どういう意味かしら」

「好きになってしまうと、なにを思い出しても好きにしか思えないんです。汗臭かったのは汗の臭いが染み込むくらい、一生懸命に働いてきた証《あかし》だし、お釣りをボーイさんに渡したのは、それまで真面目に生きてきて、とつぜん持ち慣れないお金を持って、それをどう扱っていいか分からなかっただけでしょうし。なんでもかんでもそう思えてしまうんです。そのうちに、最初にご挨拶をして目を合わせたときから、わたしはこの人が好きだったんだって、思えるようになってしまったんです」

ちょっとの間考え込んで、ほっと小さく息をついた。

そうよね。好きになるってそうなのよね。

自分はどうだったのだろう。

いつから亭主が好きだったんだろう。

目を閉じて考えてみた。

ふたりは幼なじみだったから、物心ついたころから一緒にいるのがあたりまえだった。どんどんどんどん時間を遡《さかのぼ》って、先細るように記憶の糸が途切れた。そして思った。生まれるまえからこの人が好きだった。

目を閉じたままその思いを心の中で転がして、温かい気持ちにひたった。ふうと眠たくなったような気がして、見知らぬアパートの一室が浮かび上がった。


情事の後だと空気で知れた。

薄い布団に腹ばいになって、裸の肩を掛け布団から出した亭主が煙草を吸っている。白蟻女はシュミーズ姿で、卓袱台《ちゃぶだい》に置いた鏡に向かって髪を撫でつけていた。

それをまた天井から眺めていた。

「ほんとうに奥さんと別れて、わたしと一緒になってくれるんですか」

朱美さんの記憶に戻ったのね。

答えの代わりに視点が白蟻女のそれに変わった。

六十七になる自分の顔が鏡に映っていた。

「何度も同じことを言わせるなよ。嫁とはきっぱり別れる。もうその話はついているんだ。あいつも了解しているから心配するな」

　直接言われた亭主の言葉に耳を疑った。了解するもしないも、生涯を通じて別れ話など一度もしたことはないじゃない。

「嫁には十分な金を渡すつもりだ。これから契約する借地や借家の権利も嫁の名義にする。それであいつは満足してくれるだろう。おれたちは当座の金を持って、二人でどこか遠くの街に行こう。そこで二人でやり直すんだ。おまえが望んでいる小料理屋でもやって細々と暮らそうや」

　そう、そんなことをまだ十七歳の朱美さんに言ったの。

　なんて馬鹿で、罪深くて、いい人なんでしょ。女の人をもてあそぶより、そうやって馬鹿正直に責任を取ろうとする不器用なところが、いかにもあなたらしいわ。

　でもとても本心だとは思えない。あんなに可愛《かわい》がっていた智之と千賀子はどうするの。これから生まれてくる由美はどうなるの。

「子供はどうするの？」

「お子さんはどうするんですか？」

　問い詰める声が白蟻女の声と二重にかぶった。

「智之たちのことは嫁に任せる。おれと一緒にいても幸せにはなれないだろう」

さっきまでのことを思い浮かべた。

小樽の思い出にしろ、刈り入れの思い出にしろ、そして智之が生まれたときの病室でも、記憶に浮かぶ人たちのせりふまでは変えられなかった。ということは、亭主は確かにこう言ったに違いない。

「わたしや子供たちが幸せになれない？　朱美さんなら幸せにできるの？」

納得できずに言った。

その言葉は届かない。そうなのよね。これは白蟻女の記憶だもの。

ついさっき白蟻女に言われた言葉がよみがえった。

お金があるだけで満足している奥さんが悪いんだと思いました。

そうだったの。

あなたもそう思っていたの。

お金さえあれば幸せになれる女だと思っていたの。

そんなわけないじゃない。お金のことなんてどうでもいい。あなたがいなくてどうすればいいのよ。

「朱美のことは責任を持って幸せにする。それがこれからのおれのすべてだ」

責任を持って幸せにする？

連れ添って五十年足らずだったけど、そのまえに付き合っていたときでさえ、その言葉を言われた記憶がなかった。それをこんな簡単に言ったんだ。

赦せない。

これぱっかりは笑って済ませられることではない。

また心臓がどくんと鳴って、白蟻女の気持ちが重なった。気持ちが重なると同時に二人の身体が入れ替わった。亭主に対峙《たいじ》しているのは白蟻女だった。また天井から見下ろす格好になった。

白蟻女が亭主に向き直った。

「栄一郎さんは、どうして奥さんと別れようと思ったのですか。奥さんがお金のことばかり考えているからですか」

亭主が煙草を灰皿に押し付けて、枕元のお盆に載せられたビールをコップに注いで喉を潤した。

「それもあるかもしれない」

考え込む様子で口ごもった。

「でもいちばんの理由は、自分の居場所がなくなったことだ」

「居場所がなくなった？」

「ああ。おれがいてもいなくても変わらないんだ」

「どういうことなんですか」

「以前はおれが田畑を耕して家族を養っていた。おれがいなければ嫁も子供も暮らしていけなかった。今は違う。家族を養っているのは預金通帳だ。おれなんかいなくても家族は暮らしていけるんだ」

亭主の意外な言葉に思わず息をのんだ。

まさかそんなふうに思っていただなんて、考えてもみなかった。お金が入って浮かれているだけだと思っていたけど、この人はこの人なりに悩みを抱えていたんだ。

「先週、女房の親戚夫婦が家に遊びにきた。嫁にもらって初めてのことだ」

そのことだったら覚えている。四十年近く経った今でも忘れられない苦い思い出だ。

訪れたのは従姉《いとこ》夫婦だった。

バイパス工事のお金で大型カラーテレビを買った。自分たちもテレビの買い替えを検討しているので、それを見せて欲しいというのが従姉夫婦の来訪の口実だった。

「どうしてもうちの娘が見たいってきかないのよ」

そう言ってから電話を切る間際に付け足しのように「ちょっと相談したいこともある

し」と加えた。

それで従姉の来意がお金の無心だと悟ったが、いったん来訪を承諾していたので、無《む》下《げ》に断ることもできなかった。

「やっぱりカラーはいいわよね」

爪が黒いだの不潔だのと、白眼視したのと同じ目に、物欲しそうな色を浮かべて従姉はテレビを褒めそやした。その背中で、従姉の亭主が卑屈な視線を向けていた。

「高かったでしょ」

値段を訊かれたので、あいまいに答えずに、ありのままの値段を伝えてやった。「買い替えを検討しているのに知らないの？」と言ってやりたかった。

「ちょっと相談があるんだけど」

案の定、従姉夫婦の用向きはお金の無心で、ただあろうことか、無心されたのは住宅の頭金だった。その非常識さに開いた口がふさがらなかった。

「それでどうしたんですか。まさか貸してあげたんじゃないですよね。いくら親戚だからって住宅の頭金でしょ」

白蟻女が驚いた声で亭主に訊ねた。

「おれは反対したかったが、女房が貸した」

「どうして……」

どうしてだろう。

自信をなくしていたからだと思う。

農家に嫁ぐのではなくあの人に嫁ぐのだ。

好きな人とであれば苦労をしてみたい。

そんなせりふを、胸のうちで叫んでいた自分がどこにもいなかった。手が鍬の握り方を忘れかけていた。忘れはしなくても握ることを拒んでいた。亭主は亭主で朝帰りが続いていた。

だからお金を貸してあげることにした。

そのときの自分のありようを、下衆《げす》な従姉に見透かされることが怖くて、お金を貸してあげることで誤魔化《ごまか》そうとした。

「反対する理由を思いつかなかった。おれが身を粉にして稼いだ金だったら、反対することもできたかもしれない。でも考えてみたらあぶく銭だ。それで女房の親戚が助かるんだったら、反対する理由はないだろう」

確かに亭主に反対された記憶がない。黙って頷いただけのようにしか覚えていない。

従妹夫婦を待たせておいて銀行に出向き、手にしたことがない大金を、銀行の封筒に入れたまま従姉に渡した。現金で渡すことが、せめてもの意趣返しに思えた。その場に亭主がいたのかどうかさえ、記憶が定かではない。

「おれの目のまえで右から左に大金が動いた。女房にも親戚夫婦にもおれは無視されていた。なんだ、おれはここにいなくていいんだ、ってそう思った」

あなた、ごめん。そんな思いをさせていただなんて。

あの時のことは、頭に血が昇っていて、半分夢の中の出来事みたいで――でも言い訳だわね。記憶にないのではなくて、あなたを無視していたのよね。

「ここには栄一郎さんの居場所があるんですか」

白蟻女に問われた亭主が布団から起き上がった。

「おまえがおれを必要だと思ってくれているんだったら、ここがおれの居場所だ」

「信じていいんですね。わたしを捨てたりしないですよね」

白蟻女が思いつめた目で言った。なにかとても重要なことを決意した目に見えた。

測るつもりだわ。

白蟻女と重なっている気持ちが、これから言おうとすることを感じていた。白蟻女の心の中で、亭主の言葉を無条件で信じたいと思う気持ちと、言葉の真偽を測る気持ちが錯綜《さくそう》していた。測る気持ちは、悲しさと怯えに震えていた。

「あたりまえじゃないか。おれがおまえを捨てるわけがないだろう」

「だったらお願いがあります」

「お願い？」

「小料理屋のことです」

「それは任せておいてくれ。それくらいの金ならすぐにでも用意できるから」

「小料理屋はいりません」

「えっ、どういうことなんだ。あんなに小料理屋を持つのが夢だって、何度も言っていたじゃないか」

「さっきあぶく銭だと言いました。そんなお金で自分の夢を手に入れたくはありません」

「それは言葉のあやだろう。どんな金でも使いようによっては生き金になる」

「あのお金は栄一郎さんのお金ではありません」

「どうして？　おれの金だろう。おれがおれの土地を売って手に入れた金だ。どうしてそれがおれの金じゃないんだ」

「売った土地は栄一郎さんの土地なんですか。家代々の土地じゃないんですか。だからそれを売って手に入れたお金は、栄一郎さんのお金ではないと思うんです」

亭主が返す言葉に詰まった。

分かる。言われてみて初めて分かった。

亡くなった義父から引き継いで、毛ほどの疑いもなくそれが自分たちの土地だと思っていた。だから売り飛ばすことにも、躊躇《ちゅうちょ》はあったが疑問はなかった。

でもよく考えてみたら違う。あの土地は代々引き継いだ土地だった。けっして自分たちの代だけで、どうこうしていい土地ではなかったはずだ。

そんなあたりまえのことにどうして気が付かなかったんだろう。

「お金も土地も、ぜんぶ奥さんに、いえ、次の代を継ぐお子さんたちのために残してあげてください。それがわたしのお願いです」

「文無しで家を捨てろと言うのか」

「ふたりで働けば生活はできるはずです。妹たちへの仕送りができないようなら、わたしがキャバレー勤めを続けます」

亭主の顔が歪んだ。白蟻女は毅然としていた。

「もしそれでもよかったら、わたしと一緒になってください」

シュミーズ姿のまま、膝をそろえて白蟻女が畳に手をついた。

通夜の部屋に戻った。寝そべっていた布団から体を起こした。幽霊の二人はそのままの姿でそこにいた。

言うべき言葉があった。言わなくても、幽霊の二人には通じるだろうが、こればかりは自分で言葉にしたかった。

「朱美さん。ごめんなさい。あなたのことを誤解していたわ。わたしたち夫婦なんかより、十七歳のあなたのほうが、よほどしっかりしていたのね。それに……」

さすがに次のせりふは喉につかえた。

それでも言わずにはいられなかった。

「わたしなんかより、ずっとあなたのほうが、この人のことを思ってくれていたんだわ。ずっとこの人が好きだったのね」

口に出して言ってしまうと、やっぱり悔しくて涙が出そうになった。

白蟻女——四十年近く、なにも知らずにあなたのことを、白蟻女だなんて揶揄《やゆ》してきた。今はそんな気持ちはないけれど、ごめんなさい、やっぱり白蟻女のほうがしっくりするわ。なにしろ四十年だもの。

その白蟻女が首を横に振った。

「わたしと奥さんを比較なんてできません。それにわたし、この人に、なにを言われても不安でした。どうして奥さんは、この人を取り返しに来なかったんですか。それがわたしには不安で不安でなりませんでした」

「不安だったの？」

「奥さんがすごく自信を持っているように感じましたから。だからこの人を取り返しに来ないんだって」

「わたしの影に怯えていたということかしら」

だとしたらとんだ見当違いだったのね。

自信なんてなかった。卑怯《ひきょう》なだけだった。

家がある。子供がいる。世間体だってある。だからあの人は帰ってくる。そんな思いを頼りに、あの人は帰ってくると自分に言い聞かせていた。亭主のことを信じていたわけではなかったような気がする。

女に会いに行く亭主に、縋りついてでも止めようとしなかった。嫉妬に狂って亭主の服をずたずたにしたり、悲嘆に暮れてさめざめと泣いたりもしなかった。それは自分が傷つくのがいやだったからなんだ。

女としてこれほど卑怯なことはないんじゃないかしら。

それに比べてあなたは、と言いかけて、不意に疑問が浮かんだ。

どうしてそれほどしっかりしている人が、白蟻の駆除剤なんて呷ったのかしら。自殺なんて、なんの解決にもならない道を選んだのかしら。残された妹さんたちのことを考えなかったのかしら。

いったい二人の間になにがあったの。

疑問がどんどん膨らんで、頭がはち切れそうになった。

どう考えても理解できないことだった。

「奥さん」

声をかけられて我にかえった。

「これが最後です。もう一度だけ目を閉じてください」

目を閉じた闇が、そのまま別の薄紫色の闇につながった。

さっきのアパートの部屋で、小さな窓から差し込む街灯の明かりだけが、ほの暗く卓袱台を照らしていた。

ドアノブが回る音がして誰かが部屋に入ってきた。

「どうしたんだよ、電気も点《つ》けないで」

入ってきたのは亭主だ。

「具合でも悪いのか」

声を掛けて、部屋の中央にぶら下がった蛍光灯の紐《ひも》を引いた。揺れる蛍光灯が不器用に点滅し、卓袱台に座る白蟻女を照らし出した。

「どうしたんだ」

立ったまま、見下ろす形で亭主がもう一度声を掛けた。

見えるのは白蟻女のか細い背中だ。ほんとうに幸薄そうだ。どうやら鏡の中から、この景色を見せられているようだ。

畳に座布団も敷かないで正座をした白蟻女は、膝の上で拳を固めたままじっと下を向いて返事をしない。

亭主がその場を取り繕うように冷蔵庫に向かい、栓を開けた瓶ビールとコップを持って卓袱台に戻った。

「そんなに怒るなよ。遅くなったのは謝るけど、例のハイツの件でさ、友和《ゆうわ》不動産の近藤《こんどう》部長と打ち合わせを兼ねて一杯やってたんだ。いよいよあしただ。あしたの午前中に契約を結ぶ。それが終われば嫁とも話をつけて、きっぱりと別れるつもりだからさぁ」

宥めるように言いながら、中腰になって卓袱台にビールとコップを置きかけた亭主の手が止まった。

亭主の視線が卓袱台に並べられた二つの小瓶に釘付けになった。小瓶は茶色で、張られたシールに髑髏《どくろ》のマークが印刷されていた。

「おい、これは」

「座ってよ」

白蟻女はまだ下を向いたままだ。

卓袱台の端にビールとコップを置き、胡坐《あぐら》をかいて座りかけた亭主が、正座の形に脚を組みかえた。

「きょう、奥さんと会ったわ」

「あいつと？　――ここに来たのか」

「来ないわよ。来るわけがないでしょ。わたしが会いに行ったのよ」

会いに来た？

そんなの知らないわよ。

「あいつとなにを話したんだ」

なにも話していない。

あなたはどんな目的でこんな嘘をついているの？

わざわざ物騒な小瓶まで用意して。

「奥さんとは別れる話ができてるって言ってたわよね」

「ああ、まあ」

亭主が言い淀んだ。

あたりまえだわ。そんな話は金輪際していなかったもの。

「嘘を言わないで。奥さんは驚いていたわ。そんな話は知りませんって。聞いたこともありませんって」

白蟻女はかまをかけている。

冷静になりなさい、と思わず叱りたくなるほど亭主が動揺した。場を繋ぐためにビールを注ごうとした手が震え、琥珀色《こはくいろ》の液体が卓上にこぼれて泡立った。

白状したのも同然じゃないの。

「もう一度、聞かせて欲しいの。どうして栄一郎さんはわたしと一緒になりたいの」

「そりゃあ、朱美がかわいくて、気立てがよくて、それに若いし」

不意に視点が切り替わった。額に汗をかく亭主が目のまえにいた。

「おまえは町場のどの女よりきれいだし」

亭主が取ってつけたように言い足した。

どくんと心臓が鳴って、白蟻女の気持ちで考え始めた。

そうじゃない。そんなせりふは聞きたくなかった。好きになる理由ならそれでもいいけど、一緒になるというのはそんな理由で決められることじゃないでしょ。

あなたは以前、なんて言ったの？

「おまえがおれを必要だと思ってくれているんだったら、ここがおれの居場所だ」

あなたはそう言ったのよ。

出会ってひと月で男と女の関係になって、三カ月もだらだら付き合うと、そんな大切なことも忘れてしまうのね。

心に真っ暗な穴が空いた。その穴の空いた心が、白蟻女の気持ちなのか、自分の気持ちなのか分からなかった。

「だったら、どうして奥さんとは一緒になったの」

「あいつとは――どうしてと言われても――家が近所だったし、ガキのころからおれのまわりをちょろちょろしていたし、そのうち、お互いそういう歳になって、なんとなく気が付いたら一緒になっていたというか」

ますます悲しくなった。自分自身ではなく、乗り移った白蟻女の気持ちに悲しみが充満した。

この人が運命の人だと信じたかった。気が付いたら、奥さんがそうだったように、自然にこの人の傍にいた女でありたかった。

自分の居場所がないとこの人は言った。

そう言われて自分の生い立ちを思った。

居場所なんて、生まれたときからなかった。貧乏や、寒さや、飢えに怯える四畳半一間の部屋が、自分や妹たちやお母さんの居場所だと思いたくなかった。

だから働いて、自分たちの居場所を見つけようと必死にあがいた。

自分の居場所はまだ見つからないけど、この人が「ここがおれの居場所だ」と言ってくれた。やさしさに惹かれた。素直さにも惹かれた。でもなにより、自分の居場所だと言われてこの人についていこうと思った。

でも今の今、この人は、かわいいから、気立てがいいから、きれいだから一緒になりたいと言う。若いしとも言った。

もっと軽い女だったらよかった。

うわべだけの言葉で幸せになれる女だったらよかった。

でもそんなに軽くは考えられなかった。

ふたりの妹と寝込んだ母親を土浦に残して、知り合いと出会う心配がない北関東のこの土地を選んだ。年齢を偽って入店した。

夜寝るまえは、いつも家族のことを思い出して涙を流した。寂しくて、たまらなく寂しくて胸が掻き毟られた。

この人には打ち明けてはいなかったが、もしどちらかを選ばなくてはならないことになったら、そんな妹たちや母親を捨てるほどの覚悟で惚れていた。この人が子供たちを捨てるのなら、自分も同じ覚悟を持たなければならないと思っていた。

だのにその惚れた理由が、かわいいから、気立てがいいから、きれいだから。

そして若いから――

「死んでくれない」

視点が変わった。

見えているのは亭主の背中だ。その肩越し、白蟻女の後ろに置かれた鏡に、亭主の背後に座る老婆が映っていた。

白蟻女が顔をあげた。頬を歪めて微笑んだ。また心臓がどくんと鳴って、白蟻女の、どうしようもない泣き笑いの気持ちが重なった。白蟻女は泣きながら自分自身を笑っていた。

「きょう、奥さんに会いに行った。でも声をかけることができなかった。奥さんは身重の体で畑を耕していたわ。汗をいっぱいかいて畑を耕していたの」

白蟻女の記憶の中で畑を耕す自分の姿が浮かんだ。

思い出した。

あのころはわずかに残った畑を耕し始めていたんだ。

亭主が女の人に入れ込んでいるという噂に途方に暮れた。

集落の世話役さんに相談した。自分もそのキャバレーに飲みに行ったことがある世話役さんが、若くてきれいな人だと、口をすべらせた。

「ただの火遊びだよ」

自分に言い聞かせていた理由を世話役さんから言われた。

「まだ栄一郎くんは若いんだから、大目に見てやんなさい。麻疹《はしか》と同じで養生さえしていれば、日にち薬で治るよ」

事を荒立てず見守るのが養生だと言われた。確かに麻疹に罹れば特効薬はなく、安静にして回復を待つしかない。

それでなおさら、亭主を問い詰めることも、ましてや相手の女の人のところに乗り込むこともできなくなった。惚れて一緒になった亭主を信じたかったが、町場のきれいな女の人に、農家の嫁が敵うものかと、認めたくない劣等感に苛《さいな》まれた。

夜中、不安に駆られて鏡を見た。

まだ三十にもならないというのに、日に焼けた肌は荒れていて、そこかしこにソバカスやシミが浮き出ていた。思えば長い間、お化粧をしたこともなかった。

「ずいぶん日に焼けたわね」

「手がごわごわじゃない」

「足も太くなったんじゃないの」

「爪もまっくろよ。ちゃんと洗った方がいいわよ」

無遠慮に言われた親戚連中の言葉が頭の中で暴れた。

タンスの引き出しに仕舞っておいた化粧道具を取り出した。

白粉《おしろい》をつけて口紅を引いてみた。

うまく化粧が乗らなかった。もう一枚の、別の顔を貼り付けているみたいで、自分の顔に化粧がなじまなかった。

嗚咽を漏らしながらそれでも意地になって化粧を続けた。涙にとけた化粧で顔がドロドロになっても止めなかった。

爪も洗った。まっくろだと蔑《さげす》まれた、土の色が染み付いた爪をたわしで乱暴に洗った。洗っても洗っても、土の色はとれなかった。

やがて諦め、洗面台にもたれて足を投げ出し、朝を迎えた。疲れ果てて朝を迎えた。

朝の空気になにかが醒めた。

なにをやってるの？

自分に自分で問いかけた。

あなたは農家の嫁じゃないの。

不意に玉ねぎを作ろうと思い立った。今の時期なら玉ねぎだ。種をまいて株に育ったら養生した畑に移植するんだ。

水道の蛇口を全開にして、あたりを水浸しにして、化粧を洗い落とした。石鹸《せっけん》を直《じか》に顔にこすりつけた。

濡れたままの顔で、野良着に着替えて納屋に向かった。自分の鍬を摑んで畑に向かった。

畑について朝もやを胸一杯に吸い込んだ。

春になったら、自分の手間だけで作った玉ねぎを亭主に見せてやるんだ。

「りっぱに育ったじゃないか」

そう言ってあの人は褒めてくれるに違いない。きっと頭を撫でてくれるに違いない。

百姓の嫁に化粧なんかいらない。

日に焼けて、土にまみれて、爪をまっくろにして汗を流すんだ。

猫の額ほどしか残っていなかった畑に出て草を毟った。丸一日かけて草毟りした。

その畑を毎日、毎日、耕した。

嫉妬に狂って亭主の服をずたずたにしたり、悲嘆に暮れてさめざめと泣いたりする代わりに、畑を耕した。無様《ぶざま》に畑を耕していた。

朱美さん――

さっきの言葉は訂正するわ。

あなたになんか負けない。

負けないほど、亭主のことを思っていた。

亭主のことを誰よりも大好きだった。


「奥さんは畑を耕していたわ」

「えっ、畑を？」

「この炎天下で、汗と泥だらけになって畑を耕していたの」

「あいつがそんなことを……」

知らなかったよね。そりゃそうでしょうね。朝早くから畑に出てたし、タクシーで朝帰りしたあなたは、こそこそと家の門をくぐって、学校に通う子供たちの朝ご飯を用意する時間には、高鼾《たかいびき》で眠っていたんだもの。

「お金さえやれば奥さんが納得するというのは嘘だわ。奥さんは、あなたの帰りを信じて畑を耕しているのよ。あなたの居場所はここではないわ。あの奥さんのところなのよ」

動揺している亭主の顔が目の前にあった。視点が白蟻女のそれと重なった。視点だけではない。動揺する相手を亭主ではなく、栄一郎さんと感じ始めていた。

「栄一郎さんと一緒になったら後悔すると思う。後悔する栄一郎さんを見て、必ずわたしは後悔させられる。来年も、その次の年も、奥さんは畑を耕すに違いない。苗を植えるに違いない。それを思い出すたびに、栄一郎さんも罪の意識に苛まれ、わたしと一緒になったことを後悔するのよ。そして気付くの、自分の居場所はここではなかったって」

「そんなこと」

あるわけないとは言えないわよね。

「栄一郎さんはわたしのことをかわいいと言ってくれた。気立てがいいと言ってくれた。町場のどんな人よりきれいだと言ってくれた。でもそれだけだわ。それだけのことで畑を耕している奥さんにわたしは勝てるのかしら」

返ってくる答えはない。

それでいい。その場しのぎの嘘なんか聞きたくない。

町場で飲み歩いている栄一郎さんを好きになった。お金じゃなかった。芯にあるやさしさに惹かれた。町場の男にはない、頼れるやさしさが栄一郎さんにはあった。

素直さにも惹かれた。最初に入ったお鮨屋で、床に手をついて謝ってくれた。そんな素直な人は他にいなかった。

そしてそのやさしさや素直さに、土の臭いが添えられていることを、きょう知った。栄一郎さんの奥さんが教えてくれた。奥さんには土の臭いの強さがあった。

ここはこの人がいる場所じゃない。

「死んでほしいの」

それでも栄一郎さんがたまらなく好きだった。

自分から別れるなんて言えなかった。

奥さんに声を掛けられずに項垂れて町場に引き返した。バスを降りてからどこをどう歩いたのか、気がつけば、いつの間にか茶色の小瓶を買っていた。

「奥さんのところに帰るか、それともわたしと一緒に死んでくれるか、選んでほしいの」

「ちょっと待ってくれよ。いきなりそんなことを言われても」

声が怯えに震えていた。なにを怯えているのかと情けなくなった。ふたつある茶色の小瓶のひとつを摑んで、目のまえに叩きつけた。

「どちらかに決めなさいよ」

声を荒らげて詰め寄った。

分かってはいたが、直接男の口から聞きたかった。

やっぱり、おれはあいつとは別れられない。

その一言で諦められるのだ。

「ともかく落ち着けよ」

引き攣ったうすら笑いに堪忍袋の緒が切れた。

女が捨ててほしいと言っているのよ。

せめて別れの言葉くらいちゃんと言ってよ。

小瓶を手に取ってキャップを捻った。

自分の目が飛んでいるのがはっきりと分かった。夜叉《やしゃ》の形相をしているに違いない。

キャップを開け終わるまえに「ひっ」と男が後ろに跳び退《の》いた。体を反転させて立ち上がった。もつれる足で玄関に向かった。

「待ちなさいよ」

ぶつかるようにドアを開けて、そのまま乱れた足音が遠ざかった。


どれくらい時間が経ったのだろう。

男が開け放したままのドアから朝陽が射し込んで我にかえった。キャップが緩んだ小瓶を握りしめたままだった。

朝陽のうっとうしさにドアを閉めようと重たい体で立ち上がった。

半畳もない靴脱ぎに男の靴が転がっていた。

あの人、裸足で逃げて行ったんだ。

「ふっ」と微笑んだ途端に、たまらない寂しさが込み上げてきた。転がった靴が別れの言葉の代わりなのかと思うと、胸が張り裂けた。

あの人に惚れていた。

自分の人生をかけて惚れこんだ人なんだ。

こんなに苦しいのに、どうして諦めなくちゃいけないんだろ。

後悔したっていいじゃない。

後悔させたっていいじゃない。

あの人のぶかぶかの靴を素足に履いて通りに出た。誰もいない真横から射す朝の光の中を、歩いて、歩いて、表通りでタクシーを拾った。あの人の家の近くのバス停留所を告げた。

停留所でタクシーを降りた。靴を引《ひ》き摺《ず》って、あの人の家を目指した。陽の光は早朝の匂いを失っていた。

奥さんが耕していた畑の隣があの人の家だ。

案内も乞わず勝手に門をくぐった。前庭を通り抜けて、土間に立ち入って、その向こうは台所だった。

奥の部屋から微かに声が漏れていた。声を頼りに部屋にあがって襖を開けると、声が近くなった。あの人の声だと分かった。

まっすぐ進んでまた襖を開けると、あの人がいた。立派な座卓を挟んで、あの人のまえには奥さんがいた。

奥さんは背中だけしか見えなかったけど、あの人と二人の景色に小憎らしいほど収まっていた。

ゆっくりと無音の時間が流れていた。

あの人の顔が引き攣り、奥さんが振り向いた。時間がほとんど止まりかけていた。

自分はこんなところでなにをしているんだろう？

不思議な気持ちになりながら、あの人に目を向けると、あの人の視線が右手を凝視していた。つられて右手に視線を落とすと、茶色の小瓶が握られていた。

なによ、これ？

「一緒になれないんだったら死んでやる」

消し忘れたラジオの声かと思った。

なにかの呪文のように、ずいぶんと間延びして、ずいぶんと遠くから聞こえた。

無意識に小瓶の緩んだキャップを開けていた。

右手がすごい勢いで——でもとてもゆっくり——口に向かって上がってきた。中の液体を一滴もこぼさない覚悟を決めて下唇を突き出した。

どうしてなの？

死ぬ気なんてなかったのに。

ただ「別れよう」と一言言ってもらいたかっただけなのに。それで諦めるつもりだったのに。

だめっ。だめよ、朱美さん！

誰かが頭の中で叫んでいる。

奥さん？

やめなさい。朱美さん！

あなたが死ぬことはないのよ！

力を入れて手の動きを止めようとした。でも止まらない。右手は自分の手じゃないみたいに、ゆっくりと小瓶を口に運んできた。

止めて！

もういいの！

あなたの気持ちは分かったから、もう止めて！

目のまえの奥さんは目を見開いて固まったままでいるのに、頭の中で響く奥さんの叫び声は、ますます大きくなるばかりだ。

小瓶の縁が唇に触れた。

瓶が傾き始めた。

止めなさい、朱美さん！

お願いだから止めて！

妹さんたちはどうなるの！

妹たち?

お金を待っている妹たち。

寝たきりのお母さんを看病してくれている妹たち。

「きぃいぃいぃいぃいぃ」

引き裂くような叫び声をあげて、右手を頭上につき上げた。

時間が急流になった。

「ギャァアァアァアァア」

もう一度叫んで、小瓶を力まかせに叩きつけた。

「馬鹿馬鹿しい。なんでわたしがあなたなんかの火遊びに付き合って、死ななきゃいけないのよ。あなたもいいかげん目を覚ましなさいよ。いつまで水商売の女に関わっているのよ。もっと奥さんを大事にすればいいでしょ」

吐き捨てるように言って、その女は襖を外さんばかりの勢いで出て行った。

しばらく無言の時間が流れた。

「あの人なの」

ようやくの思いで亭主に訊ねた。

「ああ」

言葉少なに頷いた亭主の顔は血の気を失っていた。

「激しい人ね。びっくりしたわ」

そう言いながら自分がずいぶん冷静なことに驚いていた。

いきなりの出来事なのに動揺は感じなかった。どうしてだか分からないけど、むしろすがすがしい気持ちになっていた。

「やっぱり水商売の女は怖いな」

その亭主の言い分が赦せなかった。

「あの人はそんな人じゃないわ」

初めて会った人なのに、思わず庇《かば》ってしまった。でも自分の言っていることが正しいという確信があった。危うく亭主を寝とられそうになった相手なのに、女の人を憎む気持ちにはなれなかった。

「どうせこんなの虚仮威《こけおど》しだろ」

女の人が叩きつけた小瓶が亭主の膝元に転がっていた。それを摘まみあげて、亭主が眉を顰《ひそ》めながら臭いを嗅ごうとした。

食卓の上に身を躍らせて亭主の手から小瓶をはたき落とした。部屋の隅に除《よ》けてある火鉢にあたって小瓶が砕け散った。

「だめよ」

「中身は白蟻の駆除剤よ」

「どうして」

亭主が絶句したが、どうして知っているのか自分でも不思議だった。そして暫《しばら》くの間、ふたりは黙ったまま、砕け散った小瓶の破片を見つめていた。

「おはようございます」

突き抜けるような明るい声が玄関でした。

玄関に迎えに出た。

「おはようございます」

深々と頭を下げたのは友和《ゆうわ》銀行城南《じょうなん》支店の川辺《かわべ》くんだった。二十歳そこそこの青年が、新品の笑顔を浮かべて一歩まえに進み出た。

川辺くんの後には、白髪で長身の紳士が穏やかに微笑んでいた。いつも「支店長さん」と呼んでいたから名前は思い出せない。

「朝早くから申し訳ございません」

支店長さんの隣で油断のならない愛想笑いを浮かべている友和不動産の近藤《こんどう》部長が、揉み手をしながら頭を下げた。

友和不動産は友和銀行の系列会社で、ほとんどの管理職は銀行出身者なのだが、近藤部長だけは叩き上げで、今の地位まで上り詰めたのだと自慢げに言うのを聞いたことがある。要はやり手ということなのだろう。

「旦那様はご在宅ですかな」

近藤部長が歩み出た。

短躯《たんく》で脂《あぶら》ぎった近藤部長は、噴き出る汗を払い飛ばすようにせわしなく扇子を動かしていた。

朝のこの時間に「ご在宅ですかな」はないだろう。ご在宅でなければ女のところにでもいるというのだろうか。

亭主を町場遊びに誘い込んだ近藤部長にひねた視線を向けた。近藤部長の手にはデパートの紙袋が提げられていた。

「ええ、今朝がた早く戻りました。今は奥で寛いでおります」

それでも控えめに言ったつもりだ。

ほんとうはこう言いたかった。

「ついいましがた、女に乗り込まれて放心しておりますの」

どうしたんだろう。

自分の思いに戸惑いを覚えた。

三人を客間に通して奥の居間に亭主を呼びに行った。亭主はまだ呆《ほう》けていたが「ああ、ハイツの契約の件だ」と、虚ろな目のままで立ち上がり、客間に向かった。

とりあえず台所でお湯を沸かし、茶菓子の用意をした。裏の井戸に冷やしてあるもらい物の西瓜《すいか》を切り分けようかとも思ったが、それをくれたのは、農家仲間のお嫁さんだ。丹精込めて育てた西瓜を、あの脂ぎった近藤部長に食べさせるのがいやだった。支店長さんにも川辺くんにも食べさせたくないと思った。その思いにも同じように戸惑いを覚えた。

お茶と茶菓子をお盆に載せて客間に戻ると、亭主と近藤部長がグラスでウイスキーを酌み交わしていた。

これがあの紙袋の正体だったのか。

それにしても、朝から他人の家に上がり込むなり、酒盛りを始めるなんて、どこまで非常識な人たちなんだろう。

不愉快さを隠さずに露骨に顔を顰めてやった。

支店長さんと川辺くんは恐縮した表情を見せたが、近藤部長は意に介する様子もない。

「おや、奥さん。お構いなく。きょうはね、ちょっと珍しいのが手に入りましてね。マッカランの年代物ですよ」

胡坐をかいたまま近藤部長がボトルを掲げた。

「せっかくのマッカランですから、グラスもバカラで奢《おご》りました。氷や水は要りませんですぜ。この芳醇《ほうじゅん》な香りは生《き》で飲むに限ります」

低く平べったい鼻にグラスを近づけ、薄く目を閉じて「んんん、これです、この香りです」と近藤部長が首を揺らした。

薄気味悪いやつだ。

亭主がグラスを干してボトルに手をかけようとすると、慌てて近藤部長がボトルをさらい、亭主のグラスになみなみと琥珀の液体を注ぎ入れた。それを亭主は半分ほど、一口で飲んでしまった。

「おや、おや。ずいぶんお気に入りのようで。それにしても酒豪でいらっしゃる」

そうかしら？

動揺をお酒で紛らわせようとしているふうにしか見えなかった。

さっきまで青ざめていた亭主の顔が、赤黒く変色していた。

「わたしどもはお茶を頂きましょう。まだ仕事中ですので」

背筋を伸ばして正座した支店長さんに言われ「あら、申し訳ございません」と、支店長さんと川辺くんのまえにお茶と茶菓子を並べた。亭主の分と近藤部長の分は、お盆に載せたまま座卓に置いた。

「お固いことを。わたしはこちらの契約できょうの仕事は上がりですからな。いや、これだけの契約を頂ければ、今月のノルマは達成ですわ」

ブホホホホとチャンバラ映画の悪役以外のなにものでもない下品な笑い声を上げてから、近藤部長が分厚い唇を、グラスを持った親指の背で拭った。

「その契約の件ですが、書類は揃えていただいてますでしょうか」

支店長さんがやや前傾姿勢になって亭主に訊ねた。

川辺くんと近藤部長の視線も亭主に向けられた。

近藤部長は相好《そうごう》を崩したままだったが、亭主に向けられた目だけは笑っていなかった。浅ましい、間違いなく人を騙《だま》すときの目だと感じて怖気《おじけ》づいた。

そう思ってみると、穏やかな顔の支店長さんも、さわやかな川辺くんも、近藤部長と同じ目をしていた。ただ亭主だけがアルコールに目を濁らせていた。

「仏壇の引き出しに封筒があるから持って来てくれ」

すでに亭主の呂律《ろれつ》は怪しかった。

「はい」

気がすすまなかったが言われるとおりにした。

仏間に行って、仏壇に手を合わせてから引き出しを開けると、確かに分厚い茶封筒が収められていた。封が開いたままだったので、ちらりと中を覗き込むと、権利書や契約書らしき書類に交じって居心地の悪そうな書類が一枚あるのが見えた。

ちょっとだけ引き出してみると、やっぱりだ。

離婚届だった。

ここまで亭主を決心させていたのに、いったい亭主とあの女の人の間で、昨夜なにがあったのだろう。

離婚届を抜き出して、畳んだそれをエプロンのポケットに忍ばせた。

「この封筒でいいですか」

亭主に差し出したはずの封筒を、近藤部長が横取りして支店長さんに手渡した。

「失礼します」

支店長さんが中身を取り出して一枚一枚慎重に改めた。

一通り書類を確認した支店長さんが、隣で畏《かしこ》まっていた川辺くんに目配せすると、川辺君は書類鞄から一通の書類を取り出した。それを受け取り、支店長さんが亭主のまえに両手で差し出した。

「引き渡しの確認書です。これですべての契約が成立します」

亭主が感情のない視線を書類に落とした。すかさず川辺くんがキャップを外した万年筆を差し出した。金無垢《きんむく》のずいぶん豪華な万年筆は川辺君のものではなかった。以前、近藤部長の背広の胸ポケットで同じものを見た記憶があった。

「署名にはこれを使え」

来る途中の段取りの打ち合わせで、自分の背広の胸ポケットから万年筆を抜き出して、川辺君に手渡す近藤部長の様子が浮かんだ。

金目の物で攻めておだてれば、農家など赤子の手をひねるより簡単に籠絡《ろうらく》できると彼らは考えているのだ。僻み根性の憶測だが、間違いないという確信があった。そしてそう考える自分に驚いた。

「署名が終わったら、記念にどうぞと言ってやれ」

たぶんそんな相談もあったのだろう。

さっきからどうしたんだろう？

どんどんこの人たちの悪いところばかりが浮かぶのだ。そしてそれが間違っていないことを知っている。まるでいつかどこかで、この人たちの悪事を見たかのように。

「こちらにご署名を頂いて、こちらにご捺印《なついん》を」

相変わらず背筋を伸ばし前傾姿勢のままで、支店長がきれいに指をそろえた手を書類の上にすべらせた。

亭主がもう一口ウイスキーを流し込んでおくびを出した。金無垢の万年筆を手にとって、言われた場所に署名した。

「おい、ハンコを持って来てくれ」

書類に目を落としたまま亭主が言った。

「こぼれると大変だ」

近藤部長がグラスではなく書類を自分の方に動かして、グラスを亭主のまえに押し出した。そして亭主のグラスと自分のグラスにウイスキーを注ぎ足した。

「いやぁ、めでたいですな。これで旦那さんは一生遊んで暮らせるわけですな。なんともうらやましい。きょうはね、このあとで瓢箪亭《ひょうたんてい》を予約してあります。大丈夫、大丈夫。夕方からなんて言わせません。朝から仕込みをやらせていますから。ほれ、例のスーパーマーケットの担当部長も、首を長くして旦那さんのお出ましを待っています。借地の件、ちょっと条件に色をつけさせてもらいましたから、この勢いでそちらの方の話も決めてしまいましょうぜ」

近藤部長の無遠慮な言葉に足取りを重くしながら寝間に向かった。

和ダンスの引き出しの鍵を開けて実印を取り出した。

代わりに離婚届をそこにしまった。

実印と朱肉を持って客間に戻ると、それがあたりまえであるかのように、近藤部長が手を差し出した。

思わず実印を両手で隠すようにして胸のまえに抱いた。差し出した手の行き場を失った近藤部長に睨みつけられた。

「わたしが捺《お》します」

近藤部長の目線を跳ね返して逆に手を差し出した。

一秒か二秒の睨み合いがあったが、空気を察した支店長さんが、近藤部長の手元から書類を取って目のまえに置いてくれた。

「こちらにご捺印を」

亭主に言ったのと同じ調子で支店長さんが押印《おういん》を促した。

気がつくと川辺くんは、捺印後の朱肉を拭き取るためだろう、真新しいハンカチを握って実印を持った手元を凝視している。

川辺くんだけではなかった。

伏し目加減の支店長も、不貞腐れた顔でこちらを睨む近藤部長も、実印を持った手元に神経を集中させている。

印鑑に朱肉をつけて左手で書類を押さえた。

もう酔っているのか、それとも朝方の動揺が抜けていないのか、署名された亭主の名前は、いつにもまして金釘《かなくぎ》流だった。小学生だって自分の名前くらいもっとちゃんと書けるだろうに。

仕方がないよ、あなた。

あなたの手は鍬を持つ手だもの。

金無垢の万年筆とは縁のない手だもの。

こんな立派な書類とは縁のない手だもの。

亭主の手に目をやった。

武骨な百姓の手だった。

ヒビだらけの爪は今でも土色に変色している。

いかにも高価そうなグラスを摑んで微かに震えている。

胸が詰まって涙が込み上げてきた。

こほんと支店長が小さな咳《せき》をしただけで、誰もなにも言わなかった。涙の意味を測りかねているような気まずい沈黙が座に広がった。

実印の下の角を書類に当てた。

だめ！　奥さん。

押してはだめです！

遠くから小さく声が聞こえて手が止まった。

いったん実印を書類から離し、顔をあげてあたりを見まわした。

「どうかされましたか」

支店長さんが怪訝そうに訊ねた。

「いえ、なんでもありません」

気を取り直して実印を押そうとすると、また聞こえた。今度はもっとはっきりと。

止めてください、奥さん。

押してはだめです！

朱美さん？

それを押したら、すべてを失います！

奥さん、止めて！

そうだ。この実印を押したとたん、わたしたちは失うのだ。

先祖伝来の田畑を。

そうではない。

もっと大切なものを。

思いもかけない気力が体じゅうに漲《みなぎ》った。左手を書類に置いたまま握りしめていた。

左手の中で書類がクシャクシャと音をたてた。

「奥さんなにを」

「ちょっと待って」

「おい」

男たちが腰を上げてこちらに向かって手を差し出した。

かまわずに右手を添えて書類をびりびりに破き捨てた。

身体をいっぱいに伸ばして、支店長のまえにあった封筒を奪取した。猫ほど早く手が動いた。それを掴んだまま襖のところまで逃れ、渾身《こんしん》の力を込めて封筒ごと真二つに切り裂いた。

「なにをするんだっ」

近藤部長が吠えた。

封筒を彼らからいちばん遠い部屋の隅に投げ捨てて、片膝を立てた近藤部長を指で差した。

「わたしは正気よ。狂っているのはあなたたちだわ。なにがハイツの家賃収入よ。八割の入居率？　そんなものが計算どおりいくわけがないでしょ。掃除の人を雇うのにも困るようになるわ。全部わたしが掃除するのよ。あなたたちも一度やってみなさいよ。上から下まで階段を掃き掃除して、ゴミ捨て場をブラシで洗って、それがどんなに大変なことか分かる？　分かるわけないわよね」

「なにを仰《おつしや》ってるんですか、奥さん」

支店長さんも中腰になっていた。

自分でもなにを言っているのか分からなかった。

思ってもいないことが奔流のように迸《ほとばし》り出るのだ。不意に宿ったなにかが、あるいは誰かが、それを言わせていた。

「スーパーマーケットですって。そんなの時代遅れよ。すぐにショッピングセンターができるわ。それに比べたらスーパーマーケットなんて、個人商店に毛が生えた程度のものよ。八百屋と魚屋ですって、ついでに駄菓子を買ってですって。馬鹿馬鹿しい。服も家具も買えるようになるの。それどころか映画館もあるのよ。そんなものができてごらんなさい、うちの敷地に建てたスーパーマーケットなんてたちまち閉店に追い込まれるわ、上物を放り出したまま倒産よ。取り壊すお金もないから、跡地の転用もできない。でも固定資産税の請求書だけは送られてくるの」

ほんとうになにを言っているのだろう。

でもまだまだ言葉を吐き出し切れていなかった。言ってやりたいことが山ほどあった。

腕を回して支店長さんを指差した。

「結局、銀行だけが得をするんでしょ。相続税対策ですって。農地ならそんなに相続税は掛からないわ。どうしてそれを黙っていたのよ。入居率八割ですって。それを銀行が保証してくれるの。かりに八割の入居があっても、それは銀行のローンを払ってチャラになる収入なのよね。家賃収入は全部銀行のローンで取られるの。わたしたちは税金を支払うために、土地を切り売りすることになるのよ。それをあなたは知っているんでしょ。そしてあなた」

啞然《あぜん》として大口を開けている川辺くんを指差した。

「おめでとう、川辺くん。あなたは支店長に昇進するわ。ただしそれまでにはもう三十年近く待たなくちゃいけないけどね。そのころには、かなり肥満で悩むことになるから、今から気をつけなさいね。でもそんなことはどうでもいいわ。支店長に昇進したあなたは、臆面もなくこの家に足を運ぶの。なんて言うか教えてあげましょうか。もうそろそろガタがきているのでハイツを建て替えませんか。三十年ローンを組みませんか。そう言うの。馬鹿にしないでよ。また三十年間、わたしたちから金利を絞り取るつもりなの」

まっすぐ伸ばした腕で玄関の方向を指差した。

「出て行って。金輪際、あなた方の話には乗らないわ。わたしはこの人とこの家を守ります。あなた方の口車なんかに乗りません。農家を馬鹿にしないでちょうだい。どんなにお金を積まれても、田畑を売ったりはしませんから」

いつの間にか、もう一方の手に砕けたはずの茶色の小瓶が握られていた。左手に感じる重みで、その小瓶が毒液に満たされていることを知った。

どうしてこんなものが手の中にあるのだろう？

さっき砕け散ったはずなのに？

自分の意思とは無関係に、躊躇なく小瓶のキャップを捻って開栓した。両手で持ったそれを、髑髏のマークが見えるように三人に突き出してやった。

「命がけよ。命をかけて止めてみせるわ」

わたしは農家の嫁だから。わたしはこの人の女房なんだから。

告別式の時間が迫っていた。

控室の壁の時計を見ながら智之はまだかしらと気を揉んだ。

徹夜仕事で寝入っているのだろうか。それともまだ仕事に追われているのだろうか。

「智之、遅いわね」

たまらなくなって隣に座っている千賀子に声をかけた。

「大丈夫よ。まだ一時間もあるじゃない。昨日あれだけ確認していたんだから、遅れるなんてことはないわよ。それよりお天気が持つかしら」

千賀子が窓の外に目をやった。つられて窓ガラス越しに空を見ると、黒い雲が飛ぶように流れていた。

「思ったより接近が早かったよね」

窓辺に立っていた由美が窓を開け、首を突き出して空を仰ぎ見た。台風独特の生ぬるい風が部屋に吹き込んできて、亭主の枕もとの蠟燭の灯が激しく揺れた。

「ちょっと、閉めなさいよ」

千賀子に叱られた由美が舌を出して窓を閉めた。

「こんなときに台風だなんて、兄さんたちもたいへんね」

兄さんたち？

そう言えば千賀子の旦那の姿もまだ見ていなかった。台風で赴任先からの飛行機が飛ばなかったのだろうか。

「千賀子の旦那さんもまだ来ていないの？」

「だから、まだ一時間あるって言っているでしょ。他人のことより自分のことを心配してよ。喪主の挨拶は大丈夫なの」

「ええ、それはちゃんと用意しているから」

そう答えたものの、ちょっと不安になってバッグの中の封筒を取り出した。中を確認しかけて手が止まった。

こっちじゃないわ。

その封筒は棺《ひつぎ》に入れる封筒だった。

捨てるに捨てられず、亭主に黙って隠し持っていたあの離婚届が収められていた。ちょっと意地悪かもしれないけど、一緒に火葬するのが相応《ふさわ》しいように思えて持っていた。この秘密だけはお墓の中まで持って行ってもらうつもりだった。自分が持って来て行こうと思っていたが、死んだときに誰がお棺に入れてくれるのだろう、と考えて先に持って行ってもらうことにした。

「ねえ、携帯に電話してみてくれない」

のんびりと構えている千賀子を諦めて由美に言った。

「うん、分かった」

由美がしばらく携帯を耳に押し当ててから「出ないわね」と首を横に振った。

そうなるとますます心配がつのった。

寝過ごしているのではなくて、倒れているのではないか、居眠り運転で事故でも起こしているのではないか。そっちの方に考えが向いた。

「会社に電話してくれないかしら」

「会社？」

由美が不思議そうに首を傾げた。

「番号を知らないの？　千賀子は？」

「どうしたのよ、お母さん。会社ってどこの会社よ？」

千賀子の顔も訝《いぶか》しそうだった。

「智之の会社に決まっているでしょ」

ついつい語気が荒くなった。ふたりの娘が顔を見合わせて複雑な表情を浮かべた。

「いいわよ。わたしが掛けるから」

そう言って自分の携帯電話を開いた。

智之会社。

あるはずの電話番号が登録されていなかった。智之の会社の名前を思い出そうとしたが、なにも浮かんでこなかった。

「大丈夫なの、お母さん」

千賀子が心配そうに近寄って肩に手を置いた。

「智之の会社が削除されているわ」

携帯の画面を見ながら呟いた。

「お母さん、しっかりしてよ」

千賀子の反対側に由美が来て同じように肩に手を置いた。

「智之の――」

「お母さん」

由美が口調をきつくした。

「さっきからなにを言っているのよ。お兄ちゃんは会社勤めなんかしていないわよ。しっかりしてよ」

「お母さんは疲れているのよ」

千賀子が由美を宥めてゆっくりと語りかける口調で口を開いた。

「お母さん。お兄ちゃんは昨日から稲の刈り取りをしているの。うちの人も一緒よ。こんな日になんだけど、台風が近づいているでしょ。それで急いで刈れるだけは刈っておこうって、日の出まえに田圃に行ったのよ」

稲の刈り取り？

田圃？

いったいなんの話なの。

由美の携帯が鳴った。

「もしもし。お兄ちゃん——うん、分かった。大丈夫よ——うん。それいいじゃない。お父さんも喜ぶわ——うん、それじゃあね」

携帯を閉じて由美が微笑んだ。

「こっちに向かってるって。ぎりぎりだけど間に合うって。お兄ちゃんね、稲穂を持っていくからお棺に入れようって言ってた。お兄ちゃんにしては、なかなかいい思いつきだわね。それとも幸雄さんの思いつきかな」

「聞いた？　お母さん。すぐに来るから安心してね。うちの人も一緒に来るからね」

そうだ。さっき千賀子の旦那さんも——幸雄さんよね——昨日から稲刈りをしていると言ったわ。

どうして？

「幸雄さん、会社は大丈夫なの。今朝、赴任先から帰ってくるんじゃなかったの」

「まだそんなことを言っているの。幸雄兄さんは単身赴任に嫌気がさして、五年前に会社を辞めたじゃない。それからお兄ちゃんの仕事を手伝うようになって」

由美の言葉が終わらないうちに、どうしても確かめたいことを口にした。

「うちは農家なの？」

「そうよ」

千賀子が労《いた》わるように頷いた。

「このあたりではいちばん大きな農家よ」

頭痛がした。脳がねじれて苦しんでいた。たまらずに立ち上がって控室のドアに向かった。とにかく智之を出迎えたかった。なにかの予感に――予感というよりは期待に突き動かされていた。

「お母さん」

「大丈夫なの」

ふたりの娘が後に続いた。

「お母さん」

よろめきながら慌ただしく控室を出たところで見知らぬ女性に声をかけられた。

お母さん？

どうしてこの人にお母さんと呼ばれるのだろう。

「大丈夫ですか。お顔の色が――」

また大きく脳がねじれて顔を顰めた。

智之のお嫁さん――不意にそんな思いが湧いて、そこだけ脳のねじれが取れた。

「お婆ちゃん大丈夫？」

高校の制服を来た女の子が隣で心配そうな顔を向けていた。智之の娘だと考えるまでもなく分かった。

「大丈夫よ、美野里《みのり》ちゃん」

美野里――智之の娘の名前だ。美しい野の里。それに「実り」の意味を込めて亭主が名づけた初孫の名前だった。

「あら、健太郎《けんたろう》君も来てくれてたんだ」

由美の声に、美野里の後ろに少し離れて立っていた学生服の男の子が、直立不動の姿勢になって頭を下げた。

「本日は、まことに――」

慣れない挨拶だったが、由美もちゃんと姿勢を正して礼を返した。

「足もとの悪いなかを、お運びいただいてありがとうございます」

それから千賀子に向いて普段の口調に戻った。

「ねえ、ねえ、お姉ちゃん知ってる？　健太郎君、農学部に進学するらしいわよ」

「由美おばちゃん、農学部じゃないでしょ。バイオ生産工学部よ」

「看板が変わっただけじゃない」

「それって健太郎君が自分で決めたの」

「ううん、わたしが決めたの」

千賀子の問いに当然といった感じで美野里が答えた。

「どうせ将来農業をやるんだったら、専門の勉強をしておいた方がいいでしょ」

美野里の顔が自慢げに輝いた。

「違います。ぼくが自分で決めたんです」

健太郎くんが不満そうに言って唇を結んだ。

由美が笑顔で健太郎くんの肩を叩いた。

「まあ、どっちでもいいじゃない。今どき農業を目指すなんて、殊勝な青年だってことだけは確かだね。美野里もいい人見つけたよ」

「わたし農業をやる人としか付き合わないって決めてたもの。だってお爺さんも、お父さんもかっこいいんだもの」

「うちの人はどうなの」

「もちろん幸雄おじさんも」

「どうせうちの弘明は市役所のしがない役人よ」

由美が拗ねた言い方をしたが、それが本心でないことは口調で分かった。弘明さんは今年、農産振興課の課長に昇進していた。飛びぬけてというわけではないにしろ、それなりの出世だった。

裏の通路を抜けてロビーに出ると、待合の席に参列の人たちがいた。見知った顔の人たちが、いくつかのグループに分かれ小声で話し込んでいた。

ひとわたり見渡してわが目を疑った。

白蟻女！

ロビーの隅にひとり佇んでいる。

すっかり歳を取っていたが見間違うはずがない。それは確かに白蟻女だった。視線が合うと穏やかな表情で会釈をされた。

「あの人来てたんだ」

小声で言う言葉に振り向くと、不満げに口を尖らせる由美がいた。

「やめなさいよ、由美。きょうは揉め事を起こさないでね」

千賀子がたしなめた。

「だって愛人がお葬式に来るかしら」

愛人？

白蟻女は愛人なの？

「なんなのその言い方は。あなたいつもそう言うけど、朱美さんとお父さんの関係はそんなんじゃないでしょ」

「さあどうかしら。わたしは今でも疑っているわ。お父さん、いい歳をして朱美さんのお店に通いづめだったし」

「そんなの口さがない無責任な噂話よ。わたしが知っている朱美さんはそんな人じゃないわ。あの人は妹さんたちのためにずいぶん苦労したのよ」

「でも小料理屋の開店資金を出したのはお父さんでしょ。特別な関係でもないのにそんなことをするかしら」

「それも噂でしょ。由美はお父さん子だったから、朱美さんにお父さんを取られたみたいで悔しかったのよね」

「違うわ。お姉ちゃんがお人好《よ》しなだけよ」

小料理屋の開店資金を出してあげた？

なにかがひっかかって記憶を手繰《たぐ》った。

そして開店資金を出したのは自分だったと思い出した。


由美が小学校に上がるとき、ランドセルを買うためにデパートに行った。そのデパートの大食堂で、ウエイトレスをしている朱美さんに出会った。やつれた様子が気になって翌日ひとりで出直した。

どう声を掛けていいのか迷っていると、注文したコーヒーをテーブルに運んできたのが朱美さんだった。

「奥さん――」

「おひさしぶりね」

平静を装って言葉を返したが、それで自分が朱美さんに会いに来たことが分かってしまったようで、引っ込みがつかなくなった。

「お仕事が終わってから、少しお話できないかしら」

「はい、夜の仕事がありますので、それまでの間でしたら」

怯えるように朱美さんが答え、とりあえず近くの喫茶店で夕方会うことにした。

「まだ夜のお仕事を続けているの」

喫茶店に現れた朱美さんは化粧っけもなく、とてもそんなふうには見えなかった。

「いえ、そういう仕事じゃなくて、あのデパートに出入りしている清掃会社に勤めているんです。閉店から四時間、トイレ掃除なんかをやらせてもらっています」

ついつい尋問口調になっていたかもしれない自分の早合点に赤面した。それからあたり障りのない世間話を少しして「ずいぶん苦労しているみたいだけど、大丈夫なの」と、気に掛かっていたことを口にした。

ちょっと不躾《ぶしつけ》かなと思ったが、訊ねずにはいられなかった。

「そうでもないです。身体はきついですけど、なんとかやっていけています」

「妹さんたちのことはどうなの？」

「えっ？」

「うちの人から聞いたの。うちの人もあの人なりに心配していたわ。でも朱美さん、どこに行くとも言わないで急に消えてしまったでしょ」

「そうですか、心配していただいていたんですか。おかげさまで、上の妹が今年高校を卒業しますので、少しは楽になると思います」

「そうなの。よく頑張ったわね。それを聞いたらうちの人も安心するわ」

「あのときはほんとうに申し訳ありませんでした」

顔を曇らせて、喫茶店のテーブル越しに朱美さんが深々と頭を下げた。

「いいのよ、気にしないで。朱美さんもあの人が好きだったんでしょ」

だから赦せるというものかしら。

よく分からなかった。

でもどうしてだか、目のまえの朱美さんが憎いという気持ちは欠片もなかった。

「申し訳ありません」

朱美さんが繰り返した。

「でも、ほんとうにご主人のことが好きでした」

そう言ってから、まだ言い足りなげに朱美さんが口ごもった。

「どうしたの」

「奥様に申し上げるようなことではないのですが、ひとつだけ聞いていただけますか？」

思いつめた表情で目を見つめられた。よほど大切なことを言おうとしているのだと察し、居住まいを正して頷いた。

「夜のお仕事を辞めたのは、あの人、いえ、ご主人と別れてから、他の男の人に愛嬌をふりまくことができなくなったからなんです。誤解しないでください。だからどうだというのではありません。ひとりの人を、これだけ好きにならせていただいて、ほんとうに感謝しています。その思いがわたしを強くしてくれました」

朱美さんの言葉に胸が痛くなった。

「あなた、ひょっとしてまだ、独り身なの？」

「ええ。でもご主人に操《みさお》を立てているとかというのではないですから、ご安心ください。ついつい忙しさにかまけてしまいました。ご主人とのことは、とても大切な思い出だと思っています。わたしには、それで十分なんです」

あなた、なにをやっているのよ。

あのままほったらかしにしてさ。

その場にいない亭主の顔を思い浮かべて叱ってやった。

その日亭主は、青年部の集まりとやらで、朝から忙しくしていた。なんでも直販所を作るのだと、ずいぶん張り切っていたっけ。高速道路のサービスエリアにテントを張って、イチゴや西瓜を売るのだということだが、うまくいくのかどうか。

「小料理屋をやりたいって言ってたわね」

ふと思い出して訊いてみた。そんな話は亭主からも聞いたことはなかったが、どうしてだか知っていた。

「ええ、できれば。小さいときからお料理を作るのは好きでしたし、それに自分の居場所みたいなものに憧れていましたから。今はまだ妹のこととかありますけど、少しずつですが貯金もできるようになりました。小さくてもいいですから、いずれ自分の店を持つのが夢です」

「その小料理屋の開店資金を負担させてくれないかしら」

自分でも思いがけない言葉が口をついて出た。

「あぶく銭じゃないわよ。うちの人と、わたしが稼いだお金よ。おかげさまで、農業の方が順調なの」

あぶく銭？

どういうことなのかしら。

その言葉を使ったのは初めてだった。

でもどこか身近で聞いたような言葉だわ。

「えっ？」

朱美さんが目を丸くし、慌てて首を激しく振った。

「なにをおっしゃるんですか、奥さん。絶対にだめです。そんなことをしていただく理由がありません」

「理由ならあるんじゃないかしら。あの人があなたにした約束の、ひとつだけでも果たしたいの。けじめをつけさせてくださいな。このとおりよ」

呆然《ぼうぜん》としている朱美さんに、手を膝に揃えて頭を下げた。

それだけではないわ、と思ったが、ほんとうの理由は胸にしまい込んだ。

朱美さんのおかげで土地を売らずに済んだのだ。

あのとき、朱美さんが止めてくれたおかげで農家を続けられたのだ。

でも「あのとき」の記憶があいまいだった。朱美さんに助けられたということだけは確かに覚えているのだが。

ロビーの隅で佇む朱美さんの姿を見ながら、もう一度、記憶をたどってみた。脳のねじれは解けていたけど、どうしても「あのとき」の光景だけが思い出せない。なにかとても強い力で止めてくれたという記憶だけは確かにあるのだけれど。

白蟻女——

そういえば、さっき朱美さんを見てそう思った。
どういう意味なのかしら、白蟻女って。
「お婆ちゃん、お父さんが着いたよ」
美野里に喪服の袖を引かれた。
ボーイフレンドの健太郎くんが、また直立不動に姿勢を固めた。
この子が次の代の農家を継ぐのかしら。
まだちょっと身体の線が細いけど、十八だもの、鍛えればなんとかなるわよね。
自動ドアが開いて日に焼けた智之が姿を見せた。
美野里が小走りに駆けよった。
智之が右手に持った黄金色の稲穂の束を差し上げた。
「今年も立派に育ったたな」
耳元で亭主の声がした。

あとがき

「遺言」について

この物語は実在の人物をモデルとしております。

リオノコーダーに近所のお婆さんの声を吹き込み、「これでいつ死んでもええけんな」と、シャレにならない冗談を言ったのは私の父です。

小学二年生であった私は(ずいぶん酷い事を言うなぁ)と、子供心に呆れた事を鮮明に覚えております。

そのお婆さんのひとり娘、小学校の教員をしていた女性も実在します。母娘ともかなり偏屈な御仁でした。

タバコ屋を兼ねた文房具屋を営んでおられた薄幸の未亡人も実在します。我が家に遊びに来た父の友人が、彼女の気を引くために、当時としてはかなり高価だった「舶来《はくらい》の煙草」を買い求め、男ってバカだなぁと、またも子供心に呆れておりました。吸うのはハイライトで、後生大事に持ち帰った「舶来の煙草」はどうしたのでしょうか？

釣銭に「万円」を付けて差し出す老店主も実在しました。

恰幅の良い恵比須顔の老人でしたが、私が高校生の時に左前になった店を畳みました。片田舎の町にも大型量販店ができたりし、時代の流れについていけなかったのでしょう。

二階から飛び降りて足を骨折した同級生も実在します。

ワンパク小僧でした。あのような子供は、現代においては絶滅危惧種なのかも知れませんね。

よく吠える小型犬を飼っていた町場から移住した家族も実在しました。

足に火傷を負った娘さんを医者に連れて行かず、醤油を塗って治そうとしたオジサンもいました。

娘さんは私の同級生でしたが、足に残ったケロイドが原因だったのでしょう、無口で人前に出る事のない陰気な娘さんでした。私の母が、大きくなったら外科手術で、と慰《なぐさ》めていましたが、その後どうしているのでしょうか？

これら人物像だけでなく、物語に差し込んだエピソードも実際にあった話でした。

昭和ノスタルジーにどっぷりと浸《ひた》ってお読み頂ければ幸いです。

物語はもちろんフィクションですが、実際に、香川県の片田舎の町にこれらの方々は実在しました。

その土地で、泣き笑いの人間模様が繰り広げられたのです。

このあとがきを書きながら、あの人たちの声が鮮明に蘇《よみがえ》って参ります。

「白蟻女」について

物語の舞台に私が選定したのは、就職と同時に赴任した奈良県でした。

選定したと言っても、実際にこの物語に奈良という地名が出るわけではございません。

作中にバイパス・トリオとして登場する青年らが当時の奈良に実在したというだけです。

また冒頭の葬儀のシーン、そして主人公の伴侶《はんりょ》が重い病で最期を迎えるまでのシーンは、私の義父のそれをなぞっております。

そのように記しますと、実体験がないと書けない作家なのかと自らが情けなくもなりますが、六十二歳デビューの私です。実体験の引き出しはまだまだ枯れておりません。

さてこの作品でございますが、ハートウォーミングな作品を書きたいという動機から書き始めたものです。

とは申しましても、作家本人の意向で好きな作品を書けるというものでもありません。版元さんの担当者さんによって求められる作品というものがあるのです。その点で申し上げますと、唯一といって良いほど本作の版元である光文社さんは違いました。

「白蟻女」は原稿用紙換算で二百三十枚に及ぶ中編です。当時の担当者さんに、

「こんなものを書きました」

と、お見せしたところ、思いもよらぬ事に同社が発行されている「小説宝石」誌に一挙掲載されたのです。さらに、

「この作品で一冊の単行本を編むのは尺が足らないので、もうひとつ短編を書いてくれませんか」

とご依頼頂き、それに応えて書いたのが「遺言」でした。

この流れはその後も続き、令和四年に刊行された『エレジー』も「小説宝石」誌に掲載された三篇の中編小説が一冊の単行本として編まれたものです。

さらに同誌の令和四年八・九月号に発表した短編である「更地」も、連作短編としてその後の執筆をご依頼頂き、第二話として「等閑《なおざり》」が令和五年七月号に、そして現在は

第三話を執筆中です。

こうして改めて振り返りますと、光文社さんの意図を感じずにはいられません。

「短編集は売れない」

これはある人気作家さんから頂いた助言です。

光文社さんにおかれては、その逆を行くご依頼を頂いている事になります。

私にとって、それは歓迎すべき事であり、ここまで真摯に短編と向き合って下さる版元さんは真に得難い存在なのです。

と申しますのも、私はシリーズ物を持たない作家です。

それを書こうとした事もございましたが、結果を出せないまま現在に至っております。

六十七歳という年齢や私が書く作品の性質から考えても、今後も果たせないであろうと諦観しております。

そんな私にとってひとつの題材で、それが短編といえども、連作できるという事が、どれほどありがたい事なのかはご理解頂けるのではないでしょうか。

そのようなお付き合いが始まった切っ掛けとして、「白蟻女」は、私にとって記念碑とすべき作品であると考えるのです。

今後の作家活動について

この作品を書いた時点から考えますと、私の執筆環境や小説に対する考え方も様変わりしております。

転機となったのは令和三年三月から翌年一月まで週刊誌連載をした『救い難き人』を、単行本として刊行するための作業に入ったことでした。

難渋しました。

週刊誌連載の一回分は原稿用紙換算で十一枚強です。

この分量に詰め込み過ぎました。

具体的には書き出しで読者を摑《つか》み、中盤に盛り上がりを配し、続きが気になるラストにしようと試みたのです。そのため多くのエピソードを入れ、それに伴って登場人物もかなりの数に及びました。

いざ単行本として刊行するために連載原稿を通読し、愕然としました。

まったくエピソードが生きていないのです。

総花的と申しますか、小説として成り立っていませんでした。焦点がぼやけていました。

当然改稿に着手しました。

エピソードを整理し、登場人物も減らしました。

全面改稿でした。

一回目の全面改稿に三か月ほどかかりました。ほぼ新作を書くのと同じくらいの労力を要したと記憶しています。

全面改稿を終えて担当者さんと打ち合わせをし、

「なんかピリッとしないんですよね」

と、指摘されました。

それは私も感じていた事です。

二回目の全面改稿に着手しました。

そして三回目――

その時点において担当者さんから提案された事があります。

「一人称で書いてみてはどうでしょうか？」

というご提案でした。

「その方が主人公のキャラが立つと思うんですね」

納得しました。

納得しましたが容易《たやす》い作業ではありませんでした。

なにしろ主人公の生まれる前から、初老の年齢になるまでの物語なのです。それを一人称で書くのですから、その時点での年齢に応じて、言葉遣いや考え方、ものの見え方も変えなくてはなりません。

ようやく四回目の改稿を終えました。

そして五回目——

シェイプアップを終えて担当者さんから校了を告げられたのは、令和四年の十二月の事でした。つまり全面改稿だけで約九か月の期間を要したのです。

しかし私は満足していませんでした。

物語の奥行きを浅く感じたのです。

年末に全面改稿の打ち上げがありました。

刊行予定は令和五年三月でした。

その席で私は、ふと思い付いたのです。

一人称二視点で書いたら奥行きが出るのではないか、と。

堪《たま》らず進言しました。

もう三か月欲しいと進言しました。

それを担当者さんが快諾して下さり、六回目の全面改稿に着手したのです。

『白蟻女』のあとがきに相応《ふさわ》しくない話題のように思われるでしょうか？

ここからです。

ほぼ一年に及ぶ全面改稿の繰り返しで、私の収入は激減しました。

改稿作業に集中し、新刊を出していないのですから当然です。その時点での私の最新刊は、令和四年三月に光文社さんより刊行させて頂いた『エレジー』だったのです。

収入が激減しただけではありません。

税金の支払いにも苦しめられました。

『救い難き人』と併行して、別の週刊誌連載も抱えていた私は、作家生活最高の収入を得ていたのですが、それに対する税金の額は半端なものではありませんでした。

税務署にお願いして、分納させて頂いたりもしました。

その折に私の暮らしの助けとなったのは、光文社さんが発行する「小説宝石」誌で得られる連作短編であり、また「逢いに行く」と題した旅エッセイの原稿料だったのでございます。

『白蟻女』を契機とした光文社さんとのご縁で、私の生活は維持されたのです。この作品が、私にとって記念碑とすべき作品であるとご理解頂けるのではないでしょうか。

過日光文社の担当者さんたちと会食した折に助言された事がございます。

「単行本の刊行は半年サイクルで考えたほうが良い」

というご助言でした。

デビューしてからの四年間、単著の刊行点数は十五冊を数えます。

多作を売りに生き残った作家です。

でも「もうその時期ではない」と、ご指導頂いたお言葉を真摯《しんし》に受け止めております。

出版不況が言われる昨今、専業作家の暮らしは決して楽なものではございません。それでも定期的な原稿料収入があれば、暮らしには困りません。それに加えて、もちろん文庫本の印税収入も助かります。

世知辛い話になってしまったかも知れませんが、『白蟻女』の文庫本刊行を機に、もう一度自分の立ち位置を確認し、それを読者の皆様にもお伝えしたいと考えたのでございます。

『白蟻女』に携わって頂いた関係者の皆様お一人お一人に、なによりお手に取って頂きお読み頂いた読者の皆様に、深く御礼申し上げます。

令和五年七月　赤松利市

初出
「遺言」　「小説宝石」二〇一九年一〇月号
「白蟻女」　「小説宝石」二〇二〇年七月号
二〇二〇年八月　光文社刊

光文社文庫

白《しろ》蟻《あり》女《おんな》

著者　赤《あか》松《まつ》利《り》市《いち》

2023年8月20日　初版1刷発行

発行者　三宅貴久
印刷　KPSプロダクツ
製本　榎本製本

発行所　株式会社 光文社
〒112-8011　東京都文京区音羽1-16-6
電話 (03)5395-8147　編集部
8116　書籍販売部
8125　業務部

ISBN978-4-334-10005-6　Printed in Japan

組版　萩原印刷

馬疫	茜　灯里
女童	赤松利市
黒衣聖母	芥川龍之介
女神　新装版	明野照葉
田村はまだか	朝倉かすみ
満潮	朝倉かすみ
平場の月	朝倉かすみ
スカートのアンソロジー	朝倉かすみ リクエスト！
実験小説ぬ	浅暮三文
三人の悪党　完本	浅田次郎
血まみれのマリア　完本	浅田次郎
真夜中の喝采　完本	浅田次郎
見知らぬ妻へ	浅田次郎
月下の恋人	浅田次郎
13歳のシーズン	あさのあつこ
一年四組の窓から	あさのあつこ
明日になったら	あさのあつこ
不自由な絆	朝比奈あすか
奇譚を売る店	芦辺　拓
楽譜と旅する男	芦辺　拓
おじさんのトランク	芦辺　拓
松本・梓川殺人事件	梓　林太郎
信州・善光寺殺人事件	梓　林太郎
小倉・関門海峡殺人事件	梓　林太郎
悪漢記者	安達　瑶
鄙の聖域	安達　瑶
天国と地獄	安達　瑶
名探偵は嘘をつかない	阿津川辰海
星詠師の記憶	阿津川辰海
透明人間は密室に潜む	阿津川辰海
もう一人のガイシャ	姉小路　祐
凛の弦音	我孫子武丸
境内ではお静かに　縁結び神社の事件帖	天祢　涼
境内ではお静かに　七夕祭りの事件帖	天祢　涼